行摄·巴西
Easy Shooting in Brazil

丁允衍 著

浙江摄影出版社

图/quanjing

PREFACE

这是一套关于巴西、德国和巴基斯坦三个国家风情赏析的旅游摄影画集，同时也是一套普及摄影知识的轻松学习读本。我没有想到，作者会以这样鲜活的方式来嫁接旅游和摄影，读来让人耳目一新。

作者对旅游摄影并不"刻意"为之，而主张轻松和自由。他们按照自己对"摄影小品"独到的看法，使这套旅游摄影画集从"小品"的角度捕捉异域风景；提倡一种随遇而"按"、信手"摄"来的摄影态度；在摄影大众化的潮流中，倡导"学习照相、普及审美"的文化理念，这不单是打破了传统摄影的思维定式，而且是一种有所突破、有所创意的拍摄方法。

在这套书中，作者尝试了一种"一起旅游，一起学习"的快乐学习法。他们从摄影观察方法、摄影造型、摄影构图和摄影视觉中心入手，把摄影课堂搬到了活色生香的三个国家，将巴西、德国和巴基斯坦之美，用线条、形状、影调、色彩、角度、景别、用光和构图等诸多摄影理论予以生动的图解和诠释，读后如上了一堂精彩的案例摄影课。

这三本书中的摄影作品是作者在三个国家的学习考察过程中顺手拍摄的，不难看出因为外出拍摄的匆忙，有些照片的光线不是很理想，但是三个摄影作者镜头里的三个国家，虽然拍摄角度不同，手法不同，可一样精彩。每本书的画面亦真亦幻，内容多样生动，色彩灵动活泼，富有吸引力，而风景里讲述的理论，也因此显得生动而富有情趣。与摄影相关的美学和理论，随着作者一组组的镜头，"润物细无声"地潜移默化到读者的心田。我们在欣赏三个国家别样风情的同时，也体验了一种学习的快乐和发现的惊喜。作者除了深厚的理论素养外，每座城市的游记文笔流畅、叙述生动，漂亮的图像和美丽的文字相得益彰，特别是每组画面下的摄影手记，笔力绵长，耐人寻味，从中可以感悟到作者在拍摄过程中那一刹那喷薄而出的情怀和灵感。

丁允衍先生20世纪70年代曾在我院进修学习，现在财政部工作。他的才华令我注目，成为我的好友。这是他20余年坚持摄影理论研究和业余摄影教学的结果。他是中国摄影家协会会员、中国新闻摄影学会学术委员，有着丰实的摄影理论基础和实践经验，擅长摄影理论的研究和教学。我读过他的摄影理论文章。难能可贵的是，他对摄影理论的研究深入浅出，总是有着独到的看法和生动的解说。现在他和他的同伴将这套版式漂亮、风格独特的《行摄·巴西》、《行摄·德国》和《行摄·巴基斯坦》一起付梓出版，对我国旅游摄影的发展和摄影知识的普及无疑是一项很有意义的工作。我祝贺这套好书的面世，并祝愿他的辛劳能得到广大读者的喜欢。

是为序。

北京电影学院教授 张益福

随遇而 "按"

小品源于文学，在中国的文学史上很早就有了被称作 "小品" 的文体。有资料记载，魏晋时期，我国四大佛经翻译家之一鸠摩罗什（335-409）在长安等地率领8000弟子进行大规模的译经工作，由他主持翻译的佛教典籍多达70余部，约400卷。他把《般若经》的27卷详译文称作《大品般若》，把10卷简译本称作《小品般若》，始有 "小品"。《世说新语》刘孝标注释提到 "释氏《辨空经》，有详者

焉，有略者焉，详者为《大品》，略者为《小品》。" 看来 "小品" 的说法源自佛经缩写本不会有太大的出入。以后运用到文学领域，"小品" 也就自然有了文字简约、内容精练的特点。

在小品文的源头，中国古典散文的演进过程中，首先保留的是散文丰富的题材和自由的形式。人们对历代的小品文情有独钟。从先秦庄周、孔丘诸子，明张岱、三袁，到

旅游摄影小品

信手"摄"来
——我看摄影小品

民国二周、林语堂等新文化的领军人物，他们把自己融入了文字，他们用心书写，文路不拘一格，只求心灵至诚，使各类小品文都具有短小精干、内容生动、思想深刻、文路犀利的基本特色。说不清是个性的张扬促成了小品的特色，还是小品的特色决定了个性的张扬。就连权威的《辞海》对小品文的定义，不少业内人士也有不同的看法，大概是因为小品文体太丰富了。到了明代，小品文几乎已经囊括了所有文体，有感而发，随感而书，没有固定格式，好像人们实在不想用一则定义来框住小品文与生俱来的自由。

中国文学发展高峰迭起，在唐诗、宋词、元曲、明清小说之后，民国小品也应该占有重要位置。上世纪20年代到40年代，有整整20年，小品文在民族危难、国运抗争中成为中国新文化运动的主角。无论是鲁迅先生的"匕首"、"投枪"，还是梁实秋先生的"文无定律"、"性情为是"，他们都真实地对待自己，对待生活，对待现实，在烈烈的积愤中渗透着民族情怀，在浓浓的生活气息中渗透着文化意味。如老舍先生说："鲁迅先生的最大成就是小品文。……他会怒，越怒文字越好。文字容易模仿，怒火可是不易借来。"关注现实、贴近人生、感情真挚、意味深长无疑成了小品文的魂灵。

今天，小品体裁已经活跃在各个艺术领域，如影视小品、戏剧小品、雕塑小品等。在中国，今天一谈起小品，人们必定会谈到20多年前始见于中央电视台春节文艺晚会上的舞台小品，想起那些给人们带来欢乐的笑星们。"小品"俨然成了轻松快乐的代名词。小品类艺术凝练了短小精悍、轻松愉快、寓教于乐的共性，见诸于广阔的文学艺术领域。特别在当今难得平缓的生活节奏中，网络文学的开启，小品给了人们短暂的真感动和好心境，于是小品文被称为快乐文体，诸多小品历久不衰，深受人们喜爱。

中国的文学和艺术都走过了上千年、上百年的路，各类艺术小品经历了篇幅的割舍，最终走进了属于自己的殿堂——短小而精辟，近俗而文雅，动情而真挚，随意而轻松。这是一条从形式到内容的发展之路。

什么是"摄影小品"？至今没有见到确切的说法，千年文学尚无定论，百年摄影就更难定义了。只是因为自己喜欢小品，于是把外出时随手拍得的一些自以为不登大雅之堂的摄影习作，也称作"小品"。朋友们看了都觉得"很有些味道"。时间长了，我也有了"随遇而'按'"的体会，遇到好光线，玩用光；没有好光线，玩构图；有物就抓，有景就拍，有感就发，兴致甚浓。

摄影作品多为独幅，即便是组照，篇幅也很有限，不太可能有长短、详略之分。这与绘画很相近，但是绘画作品还有巨幅、长卷，

" 摄影小品，不能局限于题材，更重要的是拍摄态度和拍摄方法。"

而摄影作品就连放大的尺寸也差别不大，难有大小之分。因此小品类的摄影作品大多是从其内容而言，以拍摄对象区分的。比如，拍长城就容易被认为是"大品"，拍花卉就是"小品"；拍名山大川是"大品"，拍小桥流水就属于"小品"。其实在摄影艺术的发展过程中，这种界线时而清晰，时而模糊，在时弊显突的时候，人们会竭力崇尚摄影人对重大国计民生题材的关注，对摄影人终日面对花虫鱼鸟的作品表示鄙弃，自然产生重"大"轻"小"的倾向，大品和小品的界线显得明显；但是，在政通人和的时期，人们喜爱各种题材的作品，形成百家争辉的局面，大品和小品的界线显得十分模糊。显然，这与单纯以题材内容来界定的不确切性很有关系，而且与文学小品在特殊时期的

"战斗力"相去甚远。

因此，我以为，"摄影小品"不能够限于题材，更重要的是拍摄态度和拍摄方法，是一种意识——"小品意识"。在自己的工作实践中，当搞摄影专业的时候，经常是应命而去，复命而回，就像是孩子写命题作文，免不了有框框，少不了有压力；当摄影成了业余爱好的时候，反而觉得自己像是长大的孩子成了作家，终于可以自己命题，自己作文了。真的，一切都变了，变得自由了，轻松了。后来，我问自己，为什么就不能完全以所谓的"业余心态"来对待专业呢？其实不就是有感而发，即兴拍摄吗？这不是专业和业余的区别，而是一种态度，一种心态。小品意识更需要放松的心态。

等待和发现是摄影的两种主要方法，等待的拍法在拍摄前就有了比较明确的拍摄意图，

而发现的拍法在拍摄前并没有明确的意图，前者立意而作，后者随遇而"按"。前者经常架机而待，一天不成，二天；二天不成，三天，十分辛苦。后者经常驾轻就熟抢拍和抓拍，看似无意，却靠平时的积累，厚积薄发，事实上也很"心苦"。比较两种拍摄方法，发现的拍法更具有小品意识。

正因为这样，同样的题材，可以拍"大品"，也可以拍"小品"，小品可以是悦目的形式感受，也可以是尖锐的现实批判，以小见大的例子无处不有。在长城上，可以拍长城蜿蜒起伏的雄浑，也可以拍长城历久斑驳的古砖，前者可能一定要经过反复观察，就地等待拍摄时机；后者可能就在到此一游时，有感而发，随手拍到的。说平淡的生活，是因为我们熟视无睹而没有发现它的美；说丰富的生活，

是因为我们发现了它无处不在的韵味。从摄影的视角去观察，连厨房的锅碗瓢盆在相应的光照下，也有光影的温馨和惨淡、废弃的傲慢和孤独、曲线的欢快和悲怆。热爱生活、关注生活，小品多于大品，胜似大品。

此行巴西，在这个遥远的国度培训3周，闲暇游览，少不了拍拍习作，留下自己的一些所见、所闻、所感。我感受到摄影小品的真实、可信、亲切和感动，"小品"不是题材决定的，而是对待题材的态度决定的。今天，摄影大众化了，我以为更应该倡导"小品意识"，因为当今摄影技术的发展已为我们提供了这种真正可以信手"摄"来的感动。■

摄影是一种态度

提倡一种摄影态度
——从立意而作到随遇而"按"

学会一种观察方式
——从立体景物到平面视觉

■ 提倡一种摄影态度——从立意而作到随遇而"按"

当今摄影技术的发展和照相机的全自动化的实现，使我们不必再为定光圈大小、定速度快慢（快门）、保证胶片准确曝光而烦恼了。虽然，不少摄影朋友对"自动相机"的"傻"劲，存有微辞。但是，相机自动程度的提高是一种进步，这无论对专业摄影人士还是业余摄影爱好者来说都极大地简化了拍摄时的技术处理，可以专注于用光、取景和构图。全自动拍摄功能的实现，特别是数码摄影的迅速完善，给我们提供了一种新的摄影理念，或者说是一种新的摄影态度，这就是轻轻松松、随遇而"按"（按动快门）。

之所以能够轻轻松松，不只是如今没有了摄影技术处理上的压力，更重要的是可以完全做到随遇而"按"，换句话说，就是"顺便看到了、感到了，就拍下来"。

旅游摄影更应该持有这样的心态，随旅行团外出，出行时间往往由不得自己，因此千万不要有用光、位置、角度等拍摄条件先入为主的想法，有光就可以拍，有光就有动人之处。不放过名山大川，多观察细枝末节；少一点事先立意的框框，多一点随机发现；有高档专业摄影器材固然好，但是要坚信，只要是照相机就能够拍出好照片。

在摄影的大众潮中，尤其对中老年摄影朋友们来说，更需要提倡轻松摄影、快乐摄影，走、看看、拍拍、玩玩，要以"热爱生活，关注环境；漫步观察，强身健体；取景构图，集中注意；影趣欣赏，修身养性"的积极态度，来面对日益广泛的大众化摄影活动。我将这32字，称作"摄影养生法"，希望有助于广大中老年摄影朋友的摄影艺术的进步，更有益于身心健康。

■ 学会一种观察方式——从立体景物到平面视觉

摄影是一种观察景物的方式，也即"看"的方式。对于今天的照相机来说，无论是传统相机还是数码相机，几乎是能够看到的都可以拍，关键在于怎么看。如果我们学会了在立体的景物中看到平面的意趣，那么我们就会发现，平面——是一个十分奇特、美丽而且丰富的视觉世界。

当我们拿起照相机的时候，有两种基本"看"法：

一种"看"法，是从关注内容入手的。人们对于突发事情的关注，大多数新闻事件的抓取，往往都会从内容入手。这是一般摄影朋友所习惯用的"看"法。比如，导游说，这是"名山"，这是"大川"，于是人们就顺着导游的指处，挤在同一个"观景台"拍"名山"，拍"大川"。可以想象得到，被动地从内容入手的拍法，往往拍到的照片都有千篇一律的感觉，缺乏新意。

另一种"看"是从关注形式入手的。比如，

经导游一说，谁都知道这是"名山"，这是"大川"了；如果我们在当时的光线条件下，在有限的观察范围内，首先考虑从哪个方向、角度、位置去拍，才会把这个"名山、大川"拍得更有新意？那么我们就占了先机，这个先机就是把握形式。其实取景、构图的要义就是把握形式。在拍摄内容确定之后，拍摄形式的好坏决定了拍摄的成败。即便是面对突发事件，有经验的新闻摄影记者，仍然会在突发事件面前尽可能占据一个比较有利的拍摄位置。这个拍摄位置的选择就是从形式入手的。

显然，从形式入手的"看"法十分重要。

在日常生活中，我们对许多东西都是司空见惯、熟视无睹的，但只要改变一下观察方式，我们就会发现这些司空见惯的东西其实十分有趣。怎么改变观察方式呢？要掌握两点：

第一，要改变看东西求完整的习惯，完整视觉是人眼立体视觉的一种惯性，人眼借助大脑的

视觉思维，总是力求达到完整的视觉效果。其实照片本身就是二度平面，方寸之地，不可能与人眼视觉一样的完整。因此，我们的观察方式就应该适应摄影的平面效果，需要学会不完整的观察方式，或者说要学习分解完整的立体视觉。

▣ 景物局部的线条、影调和色彩与整体的立体视觉有很大的差异，这个差异其实就在景别的变化之中。近一点，再近一点，不只是一种拍摄经验，而且是一种摄影观察方式的训练。

" 我们的观察方式应该适应摄影的平面效果，需要学会运用不完整的观察方式，即要学会分解完整的立体视觉。
改变观察方式是为了在局部中揭示整体，在不完整中展现完美，在有限中看到无限。"

第二，要学习在被摄对象中，看到"线条"、"影调"、"色彩"。线条、影调、色彩是摄影造型的基本要素，就像写文章要掌握文字、词汇、语言一样，拍照片要掌握可以构成被摄物体平面的要素。对摄影造型来说，我们周围的物体都是由线条、影调、色彩构成的。树木、花草、山脉、河川、房屋、道路等一切形状的物体，在特定的光线条件下，都可能被看做线条、影调、色彩的平面构成，并且在照相平面上凸显出空间感（透视感）、立体感和质感。分解完整的视觉的实质，就是在完整的立体视觉中，观察构成被摄物体的平面造型要素。

改变观察方式是为了在局部中揭示整体，在不完整中展现完美，在有限中看到无限。改变日常看东西完整的视觉习惯，学习观察景物的造型要素，需要有一个学习训练过程，但是当你看了这些图例照片，你一定感到并不很难。■

不论光线是否理想，在一个景区，按组照设计拍摄，有全景、中景、近景，甚至特写是很有必要的。这样可以通过一组照片，留下对这个景区比较完整的记忆。

摄影笔记

　　巴西利亚皇冠教堂是白色的，因为是阴天，发白的天空衬着白色的教堂，景物反差小，近于高调。要尽可能利用对比，利用景物与人物之间的大小对比，来强调主体的体积（上图和右图）；利用影调对比来强调主体形状。

巴西"镜"像

这是一个遥远而神秘的国度，走进她，才会
感受到她真实的魅力……

Rio de Janeiro
里约热内户
上帝偏爱的城市

在1834年到1960年长达126年的时间里，里约热内卢是巴西的首都，曾经有过相当于中国北京的重要地位。1986年，里约热内卢与北京结为姊妹城市。今天，它依然是巴西的经济和文化中心，是巴西的第二大城市，这座城市始终承载着一种历史的分量，被誉为巴西的"第二首都"。

里约热内卢环境优美，气韵动人，有着拉丁女郎一样诱人的美。它位于巴西东南部大西洋西岸，东临瓜纳巴拉海湾，依山傍海，峰峦叠嶂，烟波浩淼的大海，蔚蓝衬着幽绿，银滩托着白沙。这里有世界著名的海滩，世界最大的足球场，世界著名的国立博物馆；有世界有名的巨型雕塑珍品；有全国最大的公园、植物园，以及有世界称著的巴西最大的狂欢节。自然造就了里约热内卢人的轻松、快乐、开放和豁达的性情，见到他们的自然和友善，随意和宽容，你一定会叹服，这才能成为足球场上的英雄，狂欢节的主人；你也一定会感慨，在瓜纳巴拉海湾边的科尔克瓦多山上，伸展着宽大双臂的耶稣塑像，是里约热内卢人把爱心凝聚在了这里，拥抱着这座伟大的城市，拥抱着这个美丽世界。

巴西人称里约是一座"奇妙的城市"，便是因为它是如此巧妙地融自然的秀色和人工的极致于一体，历史的古韵与现代的摩登又是如此和谐地交融在一起。譬如说那座雄踞于瓜纳巴拉湾进口处的面包山，虽然高度只有400米，可是山体陡峭，四壁光滑，独立于苍茫天地间，远远望去，颇有一番雄伟的气势。因此，印第安人管它叫保安打古瓜(Paund Acuqua)，原意为"高大挺拔的独立山峰"，其发音近似葡萄牙文中的糖面包，再加上山的外形酷似面包，因此便称它为面包山。

搭乘缆车直达山顶，登高远眺，青山碧海间，一幅幅美丽的画卷展现在我们眼前：只见一边是瓜纳巴拉海湾，碧波荡漾，帆影点点；呈半圆弧状的博塔福戈海滩，金沙细浪，游人如

■ 到耶稣山已近中午，大概对这种日程安排习惯了，对光线也就没有太大的奢求，但是的确感到天气特别好，蓝天、白云、耶稣塑像构成了蓝、白、黑的色块，简洁而明快，对着云和天，真是避开耶稣雕像下熙熙攘攘游人最好的办法。

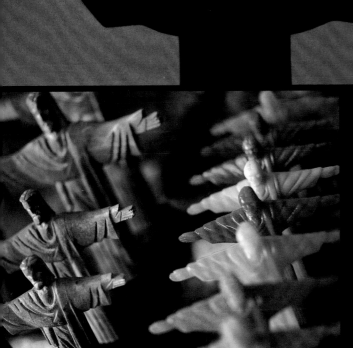

█ 巨大的耶稣雕像只有一座，小的耶稣雕像纪念品却琳琅满目。排排耶稣像构成的线性状态，彩色和消色的对比，影调虚实的对比，给画面带来了诙谐和轻松。

摄影扎记

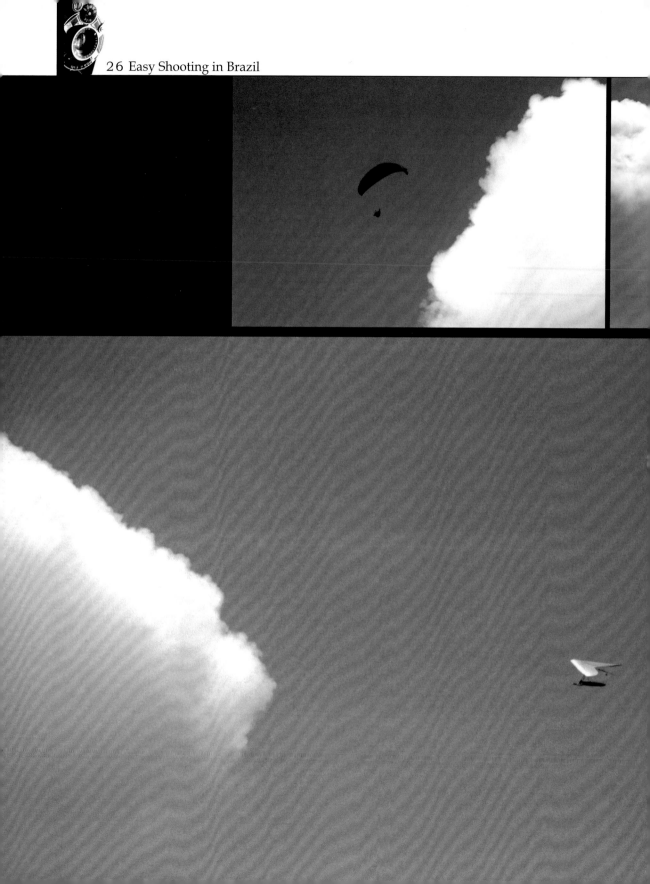

顺光、侧光、逆光，不同的光线效果，会使景物的色彩、影调发生变化，从而引起景物空间感和立体感的变化。比较三张照片：顺光景物的色彩鲜明，但空间感不强；侧光的景物层次比较丰富，云彩有了立体感，空间感增强了；逆光景物的色彩不够鲜明，但影调对比强烈，空间感也比较强。

织；远处的海滨大道旁，则是层层叠叠、错落有致的现代化高楼大厦；再远处，著名的尼泰罗伊大桥犹如一条长龙，飞架海湾两岸。而另一边，则是浩瀚的大西洋，隐隐约约点缀着一些小岛，好似上帝不经心撒到海里的珍珠，海面上不时有巨轮和游船驶过，月牙般的海滨大道上，五颜六色的小汽车宛若密密麻麻的甲壳虫在缓缓移动，这一切都提示着里约还是一座伟大的海港城市和繁华的商业中心。

再譬如那座举世闻名的科尔科瓦多山，因为山顶有一座两臂展开、形同十字架的耶稣像，故又名耶稣山。巨大的耶稣塑像在全市的每个角落都可看到，所以也是里约人最骄傲的城市标志之一。这尊巨大的耶稣塑像高38米，重1200余吨，仅头部就高3.75米，重30吨；左右两手手指顶端之间距离为28米，也是世界最伟大的巨型雕塑之一。有趣的是，这尊耶稣像和美国的自由女神一样，同是法国赠送。据说头和手在法国制造，分别由船海运至里约。全部工程历时五年之久，于1931年方才建成。这尊高大的耶稣像，双眼低垂，双手平伸，形同一个巨大的十字架，庇护着这座伟大的城市，也象征着开放宽容的城市姿态，欢迎世界各地游客的到来。

里约市坐落在美丽的瓜纳巴拉海湾，海抱城，城围山，是一座非常漂亮的海滨城市。据统计，里约市海岸线长246.22千米，共有海滩72个，海岸线之长、海滩数

　　█ 大中午的，在一个观景台上，游人纷纷在传统景点留影，那么开阔的视野却被观景台上拥堵的人群挤得几乎失去了移动的空间，这时候我们可以用长焦镜头给自己赢得一个纵向的新空间。长焦引起的景别变化，会给画面带来出其不意的效果。照相机是人眼视觉的拓展和延伸，在任何时候都要充分利用现代技术所提供的拍摄空间。

这是一幅瓜纳巴拉海湾小全景（右下图），其他三幅照片都是用长焦镜头从这个大景中"截取"出来的。(上、右上、中图）

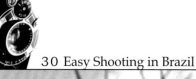

利用前景可以增强空间透视，也增加了几分美感。如果不用前景，也没有云彩，我们同样会感到画面的安逸和宁静。自然就是这样毫不掩饰地赋予了摄影真实的感受，似乎不需要我们刻意地去安排什么。

没有能够到马拉卡纳足球场和尼泰罗伊大桥，以及耶稣山一侧的高级住宅区看一看，但是在耶稣山的高处，用照相机镜头远望，其视觉感受是与在景物跟前的感受所无法比拟的。

在里约热内卢州政府院内有一座小教堂，中午时分，浮雕状的门饰在阳光下显得玲珑剔透。三张照片全部平拍，无人和有人，静态和动态，可以产生不同的视觉效果。没有人物点缀的画面比较凝重，有人物点缀的画面比较活泼。

摄影笔记

目之多都是世界上任何其他城市无法比拟的。其中最有名的便是长达千米的科巴卡巴纳海滩，它的景色之美让人惊叹。海滩上沙细松软，五颜六色的遮阳伞点缀其间，漂亮的拉丁女郎和帅气的巴西小伙比比皆是，数不胜数。

海滩与城市是如此地亲密，离海滩不远处，便是宽阔美丽的海滨大道。大道两旁屹立着鳞次栉比的现代化摩天大楼、高级酒店、电影院、时装和珠宝商店，以及众多的餐馆、酒吧和夜总会。街道本身也非常漂亮，由黑白两色的小石子镶成波浪形的图案，边上还种植着挺拔高大的棕榈树，在这样的环境里或玩耍，或购物，都是难得的体验和享受。

这座伟大的城市除却艳丽和时尚的一面，还有它厚重而内敛的一面。譬如那些充满古典韵味的教堂和修道院。这些教堂多是殖民时期的建筑，内部装饰绚丽多彩，建筑式样别致精美，里头还摆设着诸多珍贵的宗教艺术品。其中坎德拉

这两幅照片是十分偶然的收获。顺光下的里约城市纪念碑和远处的面包山，衬着蓝天，黑白相对，正巧有身着黑、白、黄上衣的三位游人在其间停留，构成了一则有趣的平面造型，太妙了，瞬间妙趣，时不再来(下左图)。

摄于二战纪念碑附近的海湾边，远远看见一家三口停放在一起的自行车，孩子靠着爸爸妈妈在说什么，就像一旁放着的一辆小自行车靠着两辆大自行车一样。我当时正在换镜头，坏了，孩子跑了，这幅照片就是这样拍下的，留下了遗憾。我与朋友们说，这张"作品"的题目就叫"孩子哪里去了？"(下右图)

■ 里约热内卢的"火山大教堂"，由于距离所限，内外景只好仰拍，拍内景时眼前只有
色彩感觉，红、蓝雕花玻璃高窗连着白色透明的十字天窗；拍外景却完全是线条感觉。

这座锥状梯形的教堂建筑外形十分奇特，像是"火山口"。为避开游人，利用仰角和顶光逆射下的线条透视，能够产生高耸挺立、直插蓝天的视觉。

里约热内卢的巴西二战纪念碑，是一个由主碑、三军将士雕塑和金属雕塑构成的组合型建筑。恰好采取三种典型的光照方向拍摄了这座纪念碑的全貌。纪念碑的正面是一座以罗马数字"Π"为造型的主体建筑，下午阳光偏斜，正好逆光，按天空曝光，主体建筑呈剪影，阶梯在逆光中形成的光影节奏，由下而上，由强变弱，利用影调透视增强了画面的空间感（左图）。

摄影笔记

> 关于那场战争，一切的一切，都被巴西人肃穆地珍藏和放大，这样只是为了提醒后人——和平的珍贵和牺牲的伟大。

利亚教堂是全市最华丽的教堂，教堂外观雅致漂亮，内部装饰精细豪华，里头还收藏有许多精美而贵重的传世名画。每年狂欢节期间，桑巴舞化装游行队伍都要经过这座著名的教堂。

而要体验这座城市对于历史的尊重和纪念，不妨去巴西"第二次世界大战阵亡烈士纪念碑"看一看。这座造型独特、气势宏伟的纪念碑，始建于1957年6月24日，1960年6月24日落成，旨在纪念第二次大战中在意大利与盟军一起作战时阵亡的官兵。

虽然在二战中，巴西并没有饰演耀眼的角色，但并不影响他们对于和平与正义的热爱和贡献。一座纪念碑，占地面积达6850平方米，地下有陵墓，存放着468名阵亡烈士的棺木；地面建有博物馆，墙壁绘有反映战争场面的壁画。而那组纪念碑，则设在离地3米高的平台上，由碑

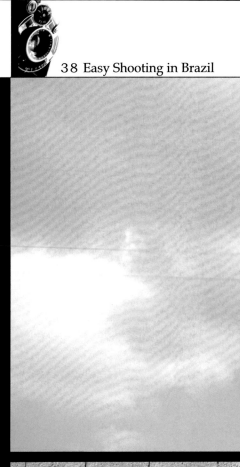

■ 纪念碑的一侧是陆海空三军将士塑像，用侧光拍摄，景物有较强的立体感；用仰角拍摄，塑像显得高大。主体倚蓝天、迎白云，画面中大面积的云天与主体对应，色彩简洁，线、面结构均衡。（左上图）

■ 在纪念碑的背后，士兵和花圈引起了我的注意，因为中间隔着一个向下的通道，于是采用长焦，顺光，平拍，我将纪念碑侧面的碑身占据了大部分画面，与站岗的士兵、花圈及远处的金属雕塑，形成呼应和对比，这样的构图，留下当时肃穆的气氛和自己的感受。（左下图）

摄影笔记

门、无名战士墓、金属雕像、人物塑像和一个金字塔组成。碑门的两根柱子高达31米，象征人的两手伸向天空进行祈祷，顶端有一块220平方米的平台。关于那场难忘的战争，一切的一切，都被巴西人肃穆地珍藏和放大，这样只是为了提醒后人——和平的珍贵和牺牲的伟大。正如墓中央燃着的长明火、碑门后面的无名战士墓碑上的铭文"巴西纪念她的无名战士"一样，巴西人永远铭记历史的教训和前辈的伟大。

从某种意义上讲，如今里约的时尚和繁华，正是建立在尊重历史、珍惜传统的基础之上。最有说服力的就是这座城市拥有60多家各种类型的博物馆，如国家历史博物馆、国家艺术博物馆、美术博物馆、国家航天航空博物馆等。除此之外，它还建有70多个图书馆、85座大小剧场、82家俱乐部以及一些大型展览中心。这样一座五彩斑斓、精彩纷呈的城市，都离不开里约人火一般的激情和创造力。也只有他们，才会上演被称为"地球上最伟大的表演"的"狂欢节"，也只有他们，才能营建一个号称世界之最，能容纳20多万观众的马拉卡纳足球场，这样宏大的舞台，才容得他们尽情地挥洒足球的魔力和艺术。■

Manaus
马瑙斯
雨林深处的天堂

　　亚马孙河上，黑白两条支流交汇的情景让人印象最为深刻。船从交汇处经过，大概需五六分钟的时间，每天有多少船过去了，河水的交融却从来没有停止过，黑来白往，黑河还是黑河，白河还是白河。当时，因大自然而感动，同事们都想留个影，加上天气阴沉，只好随波逐"拍"了。平时，自己经常认为，照片定格的一刹那要比看到的更强烈，但是，在这里拍下的照片却没有传达出当时的感受。事后，我想明白了，因为对亚马孙河的感受不只是视觉的，或者说，当时自己并没有找到亚马孙河交汇一刻的视觉感受——那黑白交汇的节奏和韵律。我曾认为摄影是一个过程片断的记录，不要遗憾这个片断没拍好，要认真对待下一个片断，但是，这次真的感到遗憾了，因为船头一转，我们很快便离开了这个过程的源头——伟大的亚马孙河。

晴空时出发的，途中却赶上了一场大雨，对马瑙斯热带雨林的印象就留下了"雨淋"，没有做好雨中弱光拍摄的准备，给拍摄增加了难度，照片发虚得都像"水彩画"了，但印象却十分深刻。

摄影手记

　　在距离海岸1600千米的亚马孙雨林深处，有一座以印第安人土著部落名字命名的城市，它就是巴西最具传奇色彩的城市——马瑙斯。马瑙斯总是与亚马孙河、热带雨林和印第安人的故事联系着。而富饶的亚马孙河最是令人神往。听人说，再没有能够比得上乘船在世界最大的河流上顺流而下更浪漫的事了。其实最让我难忘的是，船一过马瑙斯，当看到亚马孙两个支流，黑色的内格罗河与白色的索里莫斯河交汇的那一刻，

乳白色与咖啡色的河水急湍交融，像亲人的拥抱，恋人的亲吻，似一首爱的交响曲，充塞着整个心扉。然而，因为两条河流的比重、流速不同，因此两种河水在交汇处长达数十千米的河面上黑黄分明，成为一大景观。而在这首交响曲的乐章中，还有神秘的印第安部落的鼓声，有广袤的热带雨林的呼吸……

　　要想体现热带雨林的真实生活，不能不去阿瑞欧河塔屋群。它建于上世纪80年代，从第一

在雨中，穿过一段热带雨林，拍人的时候，自动闪光都开了；拍景的时候，使用光圈优先，从快门开启的声音中可以听得出速度很慢。只要能够把稳照相机，让静态的大树保持清晰，人就只好由他"虚"了。强制不闪光，按亮处曝光，可以使画面增加一点近暗远明的影调透视效果。

座木屋建成至今，连接木屋的栈桥已长达8千米之多。在这里，你可以用"文明"和"现代"的方式体验热带雨林里安静的自然生活。阿瑞欧河主营地的木屋大多建成圆形，至少3层。最高的一间屋子搭建在一棵巨树之上，足有6层之高。坐在粗大的枝干上，居高临下，既可以闭目漫无边际地遐想，也可以俯瞰绿荫荫的树海发呆。木屋之间以栈桥为路，落叶飘飘，水影激漪，河里不时会有巨蜥蜴、大海龟、水虎鱼静静地游过，

近处，或是碗碟大的蓝蝴蝶，或如彩虹般的小蜂鸟，快乐而招摇，穿行在绿树之间……一切的一切，都给人一种恍若童话梦境的感觉。也许，这些颜色亮丽、生动鲜活的动物才是亚马孙雨林真正的主人。

沿着马瑙斯市郊外的黑河上行约60千米，再穿过层层茂密的亚马孙热带雨林后，便进入位于密林深处的阿里亚乌印第安人原始部落。浩瀚无比的绿色海洋是印第安人的家园，这片土地，有

沼泽地在这段雨林的尽头，从林中出来，有豁然开朗的感觉，这么一片巨大的"巴西莲"，每一片都可以承载20千克以上的重量，如同我国的"王莲"。可这时的眼前只有一片暗绿色的圆盘——线条和形状。在细雨濛濛的光线下，找不到"对比"，就在那么个地方迟迟按不下快门，直到远远看见有三片红莲露着头，拉近了

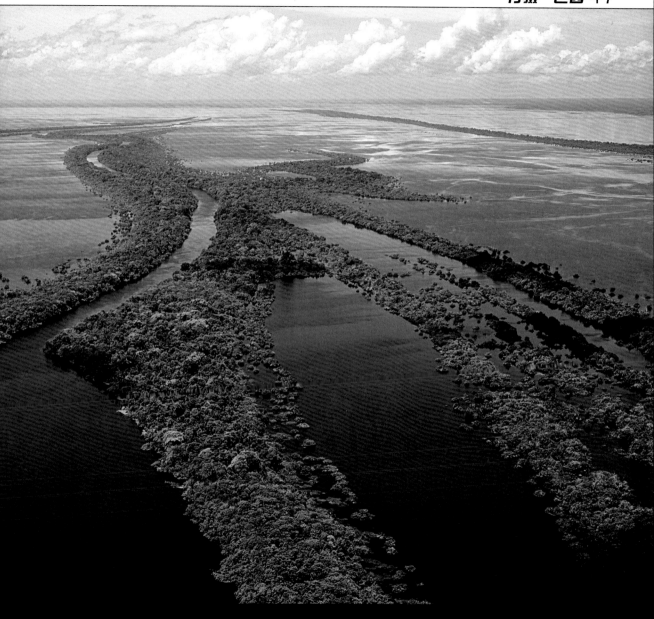

它，才有点感觉。在光线弱、反差小、色彩明度和纯度都不高的情况下，画面总要
有点对比，哪怕是一点色彩的对比、疏密的对比，特别是影调的对比。没有对比的
画面是无力的、病弱的。

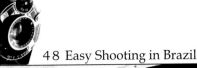

> 浩瀚无比的绿色海洋是印第安人的家园，这片土地，有着他们深深的足迹和爱恋。

着他们深深的足迹和爱恋。

　　原始部落位于河边的一块凸出的坡地上，乘船可以直接到达。当小船靠近部落时，吹入你眼帘的是一个高大的用木材和树叶搭成的建筑物，这是印第安部落的标志性建筑物，是他们用来举行仪式的场所，占地约400平方米。

建筑物周围是他们居住的草棚，其风格大致相同，但面积都较小。整个部落约占地10000平方米，除了上述建筑物外，还有一个公用的厨房、一个供未成年女孩居住的草棚。部落周围是一望无际的热带雨林，各种高大的树木成了部落的围墙和栅栏，外面的人们很难想象到在

　　旅游摄影万不能先入为主，雨中有雨中的韵味，晴天有晴天的趣味。来到印第安土著人居住的村落前，雨停了，渐亮的天空光拉开了这条长长的木板桥与周围绿草地的反差(上左图)，接着就看到了远处的印第安村落(上右图)。我用长焦镜头拍下了这幢木屋和印第安孩子们。他们在那里十分平静地远望着我们这批远道而来的客人，他们一定看惯了，看惯了从这条必经的小木板桥上来来往往的人们，不管是黄头发的还是黑头发的(下左图)。但是等我们刚到村边，孩子们就都围了过来，手里拿着小饰品让我们选购，与国内并无二致。一位小朋友站在妈妈的摊位前出神地看着我们，好像在说："就在我妈妈这里买一件纪念品吧(下右图)。"

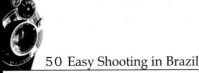
那样的密林深处还有人类生存。

印第安人对于自然，特别是滋养他们千年的亚马孙河怀有一份虔诚的敬畏和感恩之心。他们的衣食住行全部取自天然，以树干造舟，用棕榈叶做屋顶，他们的主食也只有树薯、鱼和水果。也许对他们而言，简单的生活，才是最幸福、最快乐的生活。如果你想了解他们更多，个妨到马瑙斯市的印第安博物馆里参观一番，那里共收集了亚马孙河流域300多个部落的生活用品、生产工具，还有内格罗河流域印第安人部落的手工艺品、服装、陶器和宗教用品。你在那里可以买到印第安人的手工艺品，并借此更多了解印第安人奇特的生活方式。

在亚马孙雨林所有奇妙的植物当中，最富有戏剧性的还是橡胶树。这看似普通的树木曾经造就了一座城市的繁荣和辉煌。几个世纪以来，雨林中的印第安人早已十分熟悉它的弹性

马瑙斯印第安人纪念馆内景，通向二楼陈列室的楼梯，仰拍，按室内亮部平均曝光，室内暗部和天窗高亮部失去了层次，使室内有灯光照明的地方保持了一定的影调层次。拍于有人上楼的刹那间，觉得一个呈"Y"形的构成向上展开，视觉中心在楼梯雕塑灯和天窗的呼应之间。此片初看，构图还算新颖，但是，就实际画面细究，平面构成元素有点复杂，仍有不稳定感。

马瑙斯印第安人纪念馆。馆外，在太阳进入云层的时候，设定光圈优先，按云层曝光，产生不完全的剪影效果，馆楼的暗部尚能保留一定的层次。这样的画面影调对比强烈，比散射光下的纪念馆外景在视觉上更有冲击力。

■ 纪念馆的后院陈列着印第安人的居住实景，我看见搭在屋顶上的棕榈叶，在阳光下闪动，很刺眼，有一块木板压在上面，大概是为了防止屋顶上的树叶被风刮走而设置的。一个生活细节，使我按下了快门。当然，这块木板肯定不是印第安原住民所为，但是，它好像讲了一个真实的故事。

■ 走过这座印第安人的"九曲桥"，桥头下面就是这番景色，旱季的河塘长满了绿藻，到了雨季才能重见"荷塘月色"。

摄影记

和耐磨的特性，他们早就学会用橡胶树液做鞋子和鼓槌。18世纪，欧洲人发现了印第安人的橡胶鞋子，从此这种野生的橡胶树便具有了商业价值。随着19世纪汽车工业时代的到来，特别是充气轮胎的发明，亚马孙的野生橡胶突然变得值钱起来。一时间，无数欧洲人怀着野心，搭乘运胶船蜂拥而至，马瑙斯也因橡胶而一夜致富，成为世界上最富有的城市。

在马瑙斯的"橡胶时代"，马瑙斯人是如此的富有，那时一个小小的市场竟然也是由艾菲尔铁塔的设计者设计的，而最有名、最典型、也最古怪的纪念物是城里的亚马孙歌剧院。直至今日，这座歌剧院也都能与欧洲的任何一个歌剧院相媲美。这座建于1896年的典型的欧式建筑，外部造型宏伟，内部装饰豪华，共有685个座位，整个剧院富丽堂皇，非常漂

INAVGVRADO
A
II DE MAIO DE MCM
IV CENTENARIO
DO
DESCOBRIMENTO
DO BRASIL

EVROPA

ASIA

　圣萨巴斯蒂广场耸立着一座为纪念1867年马瑙斯被辟为自由贸易港的纪念碑。到广场时，已近黄昏，我迎着西下的光线，按纪念碑的中间亮度曝光，并让一旁的雕像显出完整的轮廓。尽管光线不好，但是画面拉开了天空光与碑身雕塑的影调对比，产生了凝重的视觉效果。

旅游摄影小品

亚马孙歌剧院的内景

亚马孙歌剧院的外景

亮。据说，剧院除了地板是产于巴西的硬木外，其他一切都是从欧洲进口的。譬如大厅悬挂的大吊灯是由意大利威尼斯制造，还有意大利的大理石柱、西班牙的雕花铁栏和法国的水晶灯饰等，无不透出强烈的欧洲气息，墙壁上的绘画据说也都出自意大利名家之手。有趣的是，剧院旁边兀立着一座单顶塔楼的教堂，也是因为当时从欧洲运送塔楼的另一只轮船沉没了，无奈之下，也只能建个单顶塔楼。歌剧院在其鼎盛时期，每周一至周六都有精彩的演出，也吸引诸如意大利男高音歌唱家卡鲁索这样的大腕登台献艺。如今，经过全面修复的歌剧院，依然会吸引诸多国际名流前来献唱。

耐人寻味的是，马瑙斯的辉煌并没有像汽车工业那么持久。虽然马瑙斯人也曾坚信他们的美梦会随着财富一同生长，然而好日子却短得如一缕轻烟。随着狡猾的英国人把橡胶树种偷运出境，并在其东南亚殖民地试种成功，马瑙斯五彩缤纷的梦想像气泡一样升起，又如气泡一样消失。在20多年的时间内，这座曾是世界瞩目的大都市，快速衰落，几近废弃。上世纪60年代以后，为了重建马瑙斯，巴西政府将此地开辟为经济特区，城市才以电子工业再度繁荣。一座普通的港口小镇，也因为这样一段传奇而多了几分风情和沧桑。昔日的雕栏玉砌，如今也成了寻常人家。留存记忆的，唯有那些石刻的铭碑和殿堂。譬如圣萨巴斯蒂广场矗立的19世纪纪念碑，便是为纪念1867年马瑙斯被辟为自由贸易港而建。这座广场，因为亚马孙歌剧院的存在，所以又称音乐广场。满广场镶嵌着蓝白相间的石块，曲线玲珑，此起彼伏，极富乐感。四周的欧式建筑、供游人参观的有轨电车和"魔鬼教堂"的钟声，处处流露出昔日繁华的痕迹。走在马瑙斯热闹的街头，我们也只能从那个时代留下的种种遗物，遥想这个雨林深处的城市，曾经上演的奇迹和辉煌。■

■ 音乐广场在我们住所的背后，一早一晚都可以去走走。广场并不大，周围的建筑一派欧风，小巧玲珑，像西欧小镇。看得出来是刚刚被粉刷过，清早一缕阳光照去，粉红色（房屋）在墨绿色（树木）的包围中，十分诱人。(上图)

■ 据说，这里当年的建筑材料都是从欧洲运来的，广场的北边有一座教堂，就因为另一塔楼和一口钟没有运到，使这座教堂迄今只建了一个钟楼，成了目前世界唯一一座钟楼不对称的教堂，不大的教堂就此扬名世界。(右上图)

■ 一到马瑙斯就去参观亚马孙大歌剧院，这座当地最有名建筑物坐落在圣萨巴斯蒂广场，俗称音乐广场。一到广场，一眼望去就看到了蓝白石块镶嵌的波状地面，像流动起伏的音乐。这是我到马瑙斯拍的第一张照片。

■ 俯视的感觉很特别，因为平时我们不会这样去参观游览，好像大地一下子熨平了我们的视觉，一切的立体都平面化了，只剩下了点、线、面、色，在取景框里被我们取舍着，形成了一种不平常的平面视觉构成。(右图)

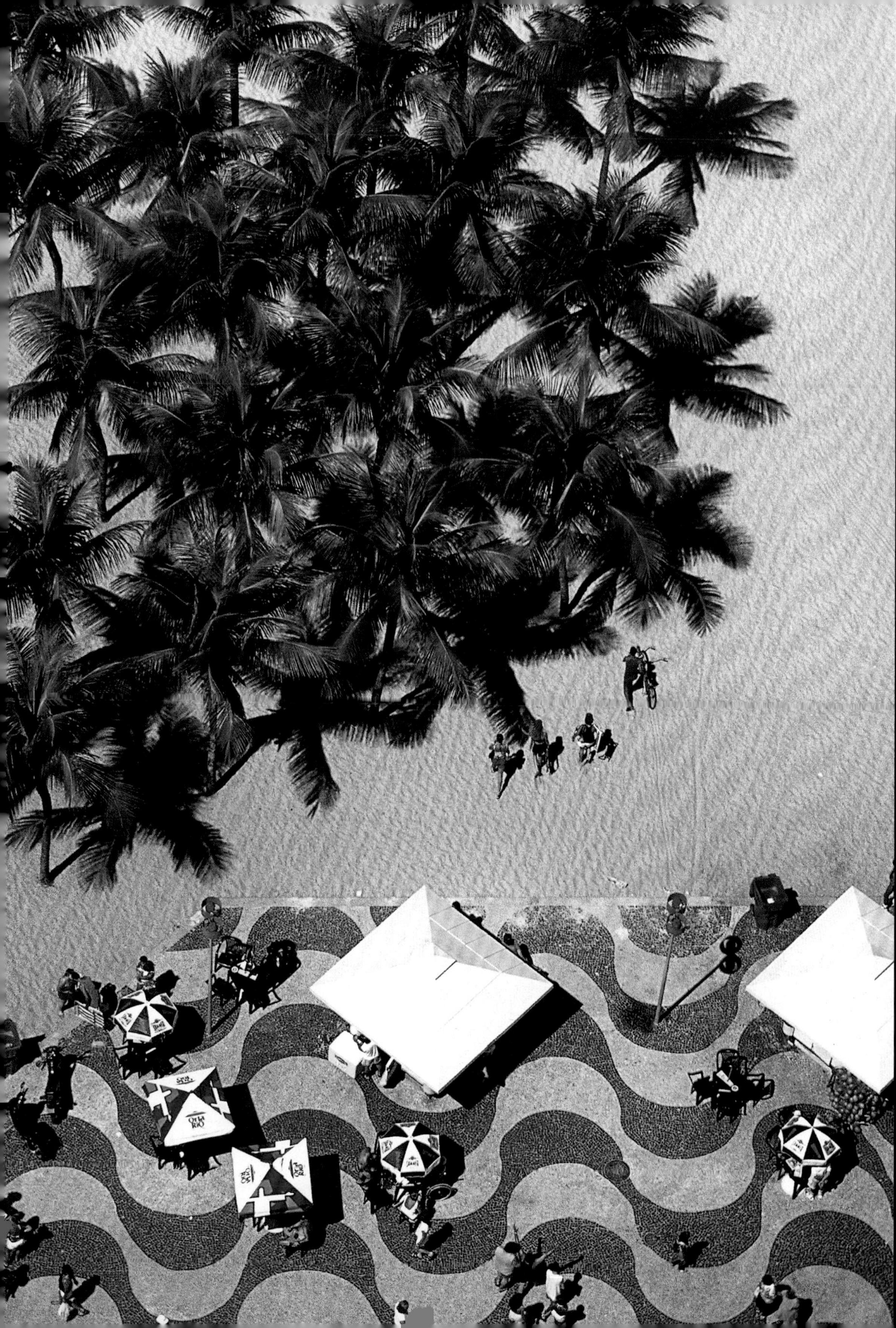

IGUASSU
伊瓜苏
大水的诱惑

伊瓜苏位于巴西南部的巴拉纳州，是巴西、阿根廷、巴拉圭三国的交界处的边境小镇，距离伊瓜苏河和巴拉纳河的交汇地约23千米。这里有巴西与巴拉圭共同兴建的伊泰普水力发电大坝，在我国长江三峡大坝竣工前，它是世界上最大的水力发电大坝，巴拉纳河的水力资源在这里得到了前所未有的开发和利用。

这里有举世闻名的世界三大瀑布之一的伊瓜苏瀑布，伊瓜苏瀑布是伊瓜苏河从巴西高原的崖壁坠入巴拉纳河峡谷时而形成的，瀑布宽达3～4千米，平均落差72米，形成了气势磅礴的瀑布群奇观。巴西在瀑布周围建立了面积达17万公顷的"伊瓜苏国家公园"，园区内丰富的半落叶林和热带森林得到了有效的保护。

在印第安瓜拉尼语中"伊瓜苏"是"巨大的

"当3000多米宽的闻名世界的大瀑布在身边奔流而下，你的心里便会涌出浩然之气，无穷的快意也自然紧随而来。"

水"的意思，一语道中，伊瓜苏集中了世界上与水相关的两大奇迹，一个是人类的奇迹，一个是自然的奇迹。人类和自然，征服和保护，两者的和谐也铸就了伊瓜苏的奇观。巴西人对"巨大的水"的积极而真诚的态度，给伊瓜苏这座边境小镇的发展，带来了永无止境的动力。

■ 午饭后到达伊瓜苏大瀑布，天蓝云高，一览无余，瀑布群分三层，一泻而下，不仅气势磅礴，而且水流的自然布局极其生动。有拍不完的镜头。

摄影手记

这里选了三组照片，我们可以从拍摄距离、拍摄方向、拍摄高度三个方面了解构图的变化。沿着供游人参观的路线，还是可以拍到好照片的。高档照相机此时方显英雄本色，特别是有一支高品质的长焦变焦镜头时，更能体会得到游刃有余的兴味。

拍摄距离 用变焦改变"拍摄距离"，从各个方向都可以拍到同一方向上瀑布的全景、中景、近景，甚至特写，领略景别变化的奇特感受，体会到中国绘画理论"远取其势，近取其质"的真谛。

拍摄方向 尽管拍摄方向的变化在这个大规模的景区范围里不很明显，但是可以拍到第二层主瀑布的正面和侧面。正面构图场面开阔，感觉水流平稳，心情舒缓；侧面构图透视强烈，感觉水流湍急，情绪激昂。

摄影手记

伊瓜苏大瀑布在伊瓜苏河上。伊瓜苏河在巴西高原上流了1000多千米，沿途不择细流，集纳了大小河流30条之多，到了大瀑布前方，已是一条河道宽达4000米的大江河了。伊瓜苏河在与巴拉那河汇合前23千米处，突遇百尺高崖，飞流直下。在总宽约4000米的河面上，河水被断层处的岩石和茂密的树木分隔为276股大大小小的瀑布，跌落成平均落差为72米的瀑布群，形状如马蹄形，水流量达到1700立方米/秒。水流在飞落峡谷底部之前，先冲到高崖半腰的石台上，轰然作响，据说远在30千米以外都可听见。瀑布跌落，飞花溅玉，形成150米高的水帘，在阳光照射下，犹如彩虹飞架，七彩纷呈，真是人间奇景！

伊瓜苏瀑布群共有200多条瀑布，被冠以各类别致生动的名字，如"情侣"、"亚当与夏娃"、"圣马J"、"魔鬼咽喉"等，分属巴西和阿根廷所有。颇为有趣的是，在巴西境内欣赏到的最美、最壮观的瀑布景观，大部分都属于对

☒ 拍摄高度 在规定的参观路线上，沿山势由下而上能够感觉到拍摄位置高低的变化，获得仰拍、平拍、俯拍的不同构图效果，虽然景色变化不强烈，但构图却有明显的变化。

☒ 有时间的话，可以用三脚架加灰镜，使用慢门拍瀑布的特殊效果。说实话，在这里最起码应该从早到晚体验一下光线的变化，感受一下景物神奇的"变脸"。沿路走马观景，想象沐浴在晨光、夕阳中的伊瓜苏瀑布，肯定更美。

摄影笔记

"

要彻底放松，直面大瀑布的欢快和热情，坦然接受大自然的洗礼。

"

面的阿根廷。

当然，大自然的美，是无法用国界划割的。对于大自然的欣赏，除却角度之外，还要有胆量。对此，热情奔放的巴西人深谙此道。他们在大瀑布的前面搭建了一座"岌岌可危"的长桥，一直通到瀑布面前，让游客到此之后能感到完全融化在其中。站在云雾缭绕的"危桥"上，呼吸着潮湿的空气，犹如身处仙境，只要彻底放松，直面大瀑布的欢快和热情，坦然接受大自然的洗礼，慢慢

地，你的心里便会涌出浩然之气，无穷的快意也自然紧随而来。

如果你胆子够大，还可以坐小船接近瀑布，与大瀑布来一次最亲密的接触。从下往上看落差达80米的瀑布，那种气势绝对震撼，那种感觉当然激动。重重水雾中，白色的水帘，惊心动魄，直泻而下，飞溅的水花，使得周围变成一片纯白的银光，空气中也充满了不安分的湿漉漉水珠。那一刻，你会发现天地如此宽广，人类何等渺小，而大

伊瓜苏国家公园距离瀑布不远，在17万公顷的范围内，据说有难以数计的受保护的热带植物。但是匆匆的游人大多只在公园休闲区小歇、用餐，这里是到瀑布最理想的"中转站"。中转的片刻拍了几张照片，因为这个区域的建筑很别致。在国家公园门口拍的两张都是将彩石铺设的水池做前景的，一张拍了国家公园标志，一张拍的是行走中的同事们。

朋友说我，经常把同事朋友当陪衬。是的，有了"陪衬"才能激活画面，因为有了大小、动静的对比，这样的主体，即便位置不显赫，作用却非同一般。(上图)

阳光从远处投在过道上，形成了强烈的暖色调，让人感到十分温馨，可能是自己远行在外，对色彩过于敏感。过道的影调透视明显，有很强的空间感和视觉"力"，引导视线由近及远……(右下图)

记得是在过道的背后，流畅的弧形线条和几个色块组成的画面，影调透视弱，但是线条透视强，同样有视觉"力"的导引作用。(右上图)

PARQUE NACIONAL DO IGUAÇU
Patrimônio Natural da Humanidade
UNESCO · 1986

自然又是何等伟大！

在伊瓜苏国家公园，除却大瀑布壮观的白，还有大片大片诱人的绿。特别是沿河一带的植物，种类繁多，生长茂盛，难怪植物学家会将其视为"当今世界上最精美的样本"。据统计，这里生长着2000多种维管束植物，其中最主要的是高达40米的巨型玫瑰红树。红树高大挺拔，树荫下还生长着"矮扇"棕榈。红树的孢芽因为可以食用，成为人们采集的目标，该树种也因此遭致濒临灭绝的境地。瀑布倾泻处的湿地上，生长着珍贵的草科水生植物。兰花与松树、翠竹与棕榈、青藤与秋海棠生长在一起，色彩鲜明，构成一个生气勃勃的植物王国。

除却茂盛的植物，森林深处还栖息着许多别处已经绝迹了的动物，其中还有不少南美特有的品种，有待动物学家们去探究。这些已知的濒临灭绝的野生动物，如巨型水獭、短嘴鳄和山鸭，以及南美的大型哺乳动物貘、蜜熊、美洲豹等，都极为珍贵，一般游人很难见到。也正是因为大自然的恩赐和偏爱，伊瓜苏国家公园才被称之为"世界上珍贵的自然博物馆"。

对于长期禁锢在城市水泥林地，处于周围环境不断恶化的我们来讲，突然身处近乎原始的绿色植物王国中，一切的一切便显得有些不真实起来。植物的茂盛和浓郁，花色的亮丽和丰富，空气的新鲜和芳香，都使我们的眼睛和呼吸变得贪婪起来——总是看不够，闻不够。巴西人用他们的虔诚和认真，为人类保留了一片生机盎然的景区，为世人展现了一种有益的提示，那就是如何与自然和谐相处，如何尊重自然和保护自然。无论如何，能否有效地保护自然、保护环境，已日益成为关系一个民族文明进步和可持续发展的重要课题之一。■

这是巴西、巴拉圭和阿根廷三国以河为界的交界处，各自的岸边立有一个国旗颜色的界碑，旁边也设有一间门帘不大的商店，摆放着不少旅游商品，商店的装饰颇有特色。

　　编辑别出心裁地在这里设计了这一版图片，本意是想突出一下伊瓜苏国家公园里的植物，其实这些都不是公园受保护的植物和昆虫，而且在伊瓜苏街头随处可见。

摄影笔记

　　这是在伊瓜苏住地一侧的草坪拍摄的。清晨六时许，刚出的日头就把金黄金黄的颜色和路边树木的影子一股脑儿铺洒在了绿色的草坪上，此时的感觉并不比拍伊瓜苏瀑布逊色。按什么曝光，什么就表现得最好。对着透着金光的草坪曝光，就是现在看到的画面效果。

　　彩色摄影按亮部主体曝光是一个诀窍，即便是反差很大的景物，我们也只有保全明亮处色彩最鲜亮的部分，让其在"有效宽容度"的感光范围内，都可以得到表现。超出曝光范围的部分，过亮的发白，太暗的发黑，不必过于顾及。

　　■ 摄影人喜欢光，于是就喜欢太阳，特别是喜欢阔别了一夜的太阳，或者是依恋即将离去的太阳。外出旅游能够看到日出或日落的机会不多，尽管不是拍摄日出日落的环境，但是，有一刻可以静心地与清晨的太阳对话，真是很难得。

　　■ 伊瓜苏住地，在那片草坪的东面，竟然还有一个小小的人工湖，虽然有栅栏围着过不去，但是，还是没能够挡住镜头的自由，在栅栏之间找到了这个角度。

透过树梢，在仅有的
一片天空中，我静观霞
光的变化，等着太阳从
树丛中悄悄露脸，由红
变黄，由黄变白……

Brasilia
巴西利亚
地球上的外星城

国会大厦外景。在中国人的眼中，国会大厦的造型像是一双筷子和两只碗，一个朝天，一个朝地，构思奇特。此时薄云遮日，也没有可能离队去寻找更多的拍摄角度，在远处拍了一张正面全景照后，就跟着队伍往大厦走，在走近大厦的时候，看见了大厦的H形主楼倒映在水中。倒影清晰，与天空相映成趣，没有多加考虑就拍了。当时光线均匀，设全自动挡，没有加滤光镜。

国会大厦正面

国会大厦背面

设计师卢西奥·科斯塔把自己对祖国强盛的祝福和寄托，化成了独特的设计理念，将首都规划成了形如一架巨型飞机的格局。

国会大厦众议院议会大厅。在厅内灯光照射下，我在环形旁听席的对面，拍摄正在听导游讲解的同事们。这一张照片没用闪光，我依托着椅子，设定光圈优先，按最亮的部位自动曝光；另一张用慢门加闪光，曝光有点过。

摄影笔记

" 巴西利亚每幢建筑的造型，都被想象力充沛的巴西人赋予了丰富的内涵。 "

大厅里，巴西国会专门向中国朋友赠送可以免费寄往国内的明信片，同事们在等候。我以大厅里陈列的图片展览为前景，留下了这个场面。

巴西的首都，相当于美国的华盛顿。兴建于1956年库比契克总统任期内，是世界上最年轻的城市，也是最具人类理想和未来风格的城市。有人说，这里简直像一座外星人的营地，而不是巴西人的首都。它位于巴西中部高原，海拔1150米，谁也想象不到这里曾经只是塞拉多群落中的一片茫茫的灌木丛林。

与世界上其他国家的首都相比，巴西利亚最大的不同之处就在于，它是凭借一位总统的建议和一位设计师的灵感，在短短4年的时间里由巴西人民建造出来的超现代化都市。凭借其富有创意的城市规划、匀称合理的城市布局、新颖别致的建筑构思以及富含寓意的艺术雕塑，巴西利亚获得了世界上最年轻的"人类文化遗产"的殊荣。巴西首都原在东南沿海城市里约热内卢，为了改变沿海发达和内陆贫困的不平衡状态，更为了保障国家的统一与安全，库比契克总统提出了迁都内地的设想。

巴西著名城市设计师卢西奥·科斯塔把自己对祖国强盛的祝福和寄托，化成了独特的设计理念，将首都格局设计成了一架巨型的飞机，机头朝东，展翅飞翔。国会大厦、三权广场和总统府坐落机头，如同"驾驶舱"；机身部位坐落着政府各部门的办公大楼，整齐划一；两翼部位是住

宅区，商业区则设立在南北两翼的交界处……当我们站在城区最高的建筑物——电视塔上，俯瞰这庞大有序的建筑群，顿时就会摆脱那些所谓建筑形式和内容之争，你一定会感叹这样的建筑设计不仅是巴西20世纪中叶城市规划的里程碑，也是人类创造未来的一个象征。

面对这样伟大的建筑群，不免为巴西人创造的奇迹所感动，也难怪40多年前，在巴西迁都开城的仪式上，库比契克总统会泪流满面。为了纪

"面对这样伟大的建筑群，不免为巴西人创造的奇迹所感动。"

念这位巴西利亚的开拓者，巴西人民自发募捐，在巴西利亚市中心的高坡上建造了这位总统的纪念馆，馆内收藏着总统生前用过的物品，并陈列着许多巨幅照片，向人们展现了当年建设巴西利亚时的动人情景。同时，为了纪念成千上万为巴西利亚建设付出辛勤汗水的劳动者，巴西利亚市政府还在三权广场上竖立了一对手执钢钎的铜人塑像。他们默默地守卫在那里，注视着这座城市的变化和发展。

巴西利亚建筑大多采用玻璃钢架结构，轻盈明快，很有现代感和未来感。令人称奇的是，造型的拙朴和线条的优雅不知怎么就能够在这里的每一座建筑物上得到神奇的融合。而格调统一的建筑风格也不影响每个建筑群独有的个性设计。站在"机头"部分的三权广场上，环顾四周，总统府和联邦最高法院分列两侧，遥相呼应，居中的则是国会大厦。总统府与最高法院的办公楼虽都有风格相似的高大外廊，但是两栋建筑物一横

巴西陆军总部。从远处望去，总部前的阅兵台像一把军官佩剑的"剑柄"和一把竖立的"剑鞘"。逆光下的"剑柄和剑鞘"，影调浓重，轮廓清晰。按平均曝光，拍了远景和中景，天空层次有点损失。近景是"剑柄"的局部，深色影调由下向上伸展，占据了大半个画面。画面的下方是总部大楼、巴西国旗和参观的人群。按天空测光，增一挡光圈，"剑柄"呈剪影，既保住了天空的层次，也照顾了暗部的层次。

在库比契克总统纪念馆附近的草坪上，有一组五颜六色的金属球状雕塑。我是在可以看到好几个雕塑的位置，以低角度将近处的左右两个雕塑各取一半作为前景拍摄的。摄影中有以少胜多的构图方法，这幅作品采用的是以不完整求完整的构图方法。在有限的画面里我们通常不可能将所有的景物拍全，但是我们可以利用画面的不完整，通过读者的联想来求得完整。朋友看了照片问"喔，草坪上是不是有很多这样的钢球雕塑啊？"回答说"是的，满草坪都是！""有意思。"其实画面的意思就在于能够引起读者的思维联想。

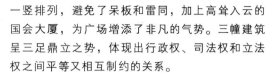

旅游摄影小品

一竖排列，避免了呆板和雷同，加上高耸入云的国会大厦，为广场增添了非凡的气势。三幢建筑呈三足鼎立之势，体现出行政权、司法权和立法权之间平等又相互制约的关系。

除却设计别致、大胆以外，巴西利亚每幢建筑的造型，还都被想象力充沛的巴西人赋予丰富的内涵。譬如国会大厦参众两院的两幢34层办公楼，是全市最高的建筑，两者以过道相联，呈"H"形并立。而"H"是葡萄牙文"人类"的第一个字母，因此，这个造型寓含着"以人为本"和"人类主宰世界"的理念。再如国会大厦前的平台上有两个硕大的"大碗"，平放着的是联邦众议院的会议厅，倒扣的是参议院的会议厅。据说，众议院开会是向公众开放的，所以碗口朝上，意味着"开放"；而参议院审议的议题常常涉及国家机密，故"碗口倒扣"含有"闭门开会"之意。再譬如外交部办公楼前有一块圆形巨石，"漂浮"

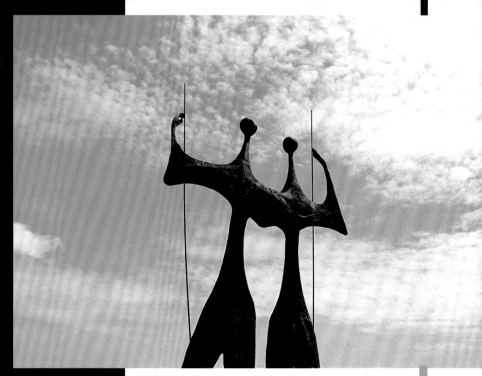

在水面上。走近细看，才发现它实际上是由五块形状奇特的石块绞合在一起的。这个球象征着世界，而五块怪石代表着世界五大洲。

巴西利亚的建筑不但造型奇特，寓意丰富，而且还很讲究科学，常会巧妙地采用一些特殊的技巧。譬如在巴西利亚陆军司令部前的广场上，坐落着阅兵台。阅兵台的造型就是巴西军官佩剑的"剑柄"样式，而阅兵台前高高的旗杆形如"刀鞘"，两者合一就是一把佩剑，其寓意不言自明。这个阅兵台不但造型别致，而且利用了特殊的声学原理。站在阅兵台上轻轻呼喊一声，就能产生强烈而连续不断的回声。想象举行阅兵式时，那地动山摇的呐喊气势和排山倒海的前进队伍，会是多么壮观。

巴西利亚建筑设计风格独特、大胆。即便是肃穆的教堂，设计师也都采用了现代抽象派艺术思维方式，充分发挥了想象的力量，设计出了风格独具、造型新颖的建筑来。譬如巴西利亚大教堂(皇冠教堂)，一扫传统设计风格，教堂的主体建筑在地下，地面上是教堂的"屋顶"，它由数十根抛物状的立柱束在一起，远看像巴西印第安酋长用禽鸟羽毛做成的"王冠"，耸立在绿草如茵的平地上，给人耳目一新的感觉。步入教堂，内部空间宽敞，明媚的阳光透过玻璃洒满室内，毫无欧洲旧式教堂的肃穆、阴森之感。

除却漂亮的建筑外，巴西利亚还特别倡导环

時晴时雨，据说是巴西利亚旱季的气候特点。阴天景物的反差小，画面显得平淡。我发现巴西利亚的不少公共建筑周围都有水池，导游介绍说，这是建筑设计者为了体现政府的公务清廉、行为透明、执法公平而设计的。对我来说，更觉得建筑物在水中的倒影很美。我利用水中的倒影，希望能够提高一点作品的反差、丰富一些层次、改善一下构图。表现倒影还是很能出效果的。

> 造型的拙朴和线条的优雅不知怎么就能够在这里的每一座建筑物上得到神奇的融合。

从电视塔俯拍的照片，我在明信片上就看到了，但是真上了电视塔，看到这番景致远比明信片强烈——这真是一座极富想象、极其对称、极有魅力的城市。我又一次体会到，当立体视觉还没有找到理想的平面表现形式的时候，对立体景物的感受永远占着上风，只有找到了理想的平面表现形式，画面的视觉感受才会骤然提升。

在塔上，因云层弥天，光线暗淡，也只好"照猫画虎"——拍了两张"明信片"。回到地面时，回眸这座极其简练的钢架结构的电视塔，以天空为背景，有一支弯弯的路灯陪伴着，似乎告诉我，其实这座城市就那么简单，那么朴素。

保理念。环顾巴西利亚，满目葱茏，青翠欲滴。凌空飞跨的一座又一座大桥，像一道道彩虹映在碧水蓝天之间。一栋又一栋造型各异的别墅，掩映在翠绿丛中，像朵朵盛开的鲜花点缀在原野上。而在葡语中，巴西利亚即是"巴西村庄"的意思。设计者当初设计这座城市时，就充分考虑到这一点，并希望将新兴的巴西利亚打造成绿色城市，环保城市。这种理念，确实在城市的建筑中得到了充分的诠释。譬如"飞机"前方，利用山地丘陵天然低洼地带、筑有一条呈"人"字形的帕拉诺阿湖。这个湖泊是筑坝引水形成的人工湖，长约45千米，深达30多米，像张开的双臂拥抱着整个城市，既能调节市区的空气湿度，又美化了城市环境。

除此之外，巴西利亚著名的自然景观还有国家公园、阿瓜斯·埃曼达达生物保护区、依贝格和加瓦萨瓦多自然保护区、圣巴尔托罗摩和德斯科贝托环境保护区。另外，市政当局正计划再辟建一系列自然保护区，如加马河盆地河里约·马拉瑙保护区等。这些自然景点或位于市区，或与老区毗邻，或地点偏僻人迹罕至，都使得巴西利亚处处充满了无穷的魅力。■

St.Paulo
圣保罗
巴西的"西部之城"

到国家独立纪念碑参观是下午时分，薄云遮日，并不是拍摄群塑的理想光线。按拍组照的方式拍摄了全景、中景和近景(参见P.18)，拍纪念碑正面全景时，用的是正侧光，按雕塑碑座的灰色

曝光，以燃烧的火鼎为前景，尽量增添肃穆的气氛；拍群塑中景，采用逆光，按天空曝光，群塑呈剪影，利用影调对比，强调主体轮廓，表现雕塑的凝重感；火鼎近景，于云层蔽日时拍摄，散射光，平均曝

光，尽可能降低主体与背景的反差。独立纪念碑座基上的浮雕，在侧光下极有立体感。中灰调子是曝光最理想的基准，按浮雕的亮度平均测光，此时的曝光指数也是拍摄周围环境的曝光依据。

■ 一家三口在纪念碑前，定格了一种很熟悉的感觉。雕像和人物，过去和今天，就像在天安门广场的人民英雄纪念碑前一样，每个民族都有自己的过去、今天，以及未来。

　　天气有点阴沉，景物的反差骤然减弱。在皇宫博物馆的喷水池前，利用一条绿树带作前景，隔着白色的水雾，可以利用一下景物的反差，让照片增加一些影调对比。

摄影礼记

　　印象中的圣保罗像是一位刚毅、勤劳而充满朝气的老者。她是我国上海的姊妹城市及友好城市。在巴西的所有城市中，其地位说来还真的相当于中国的上海。市区和市郊面积已近2600平方千米，有1600万人口，几乎集中了巴西1/10的人口，是巴西第一大城市，也是南美洲和南半球最大的城市。这里地处海拔730米的高原，年平均气温25℃，气候爽朗宜人，被圣保罗人称作"一年无四季，一天有四季的人间最美妙的地方"。

　　圣保罗自1554年建城以来，以"古老的西部"、"淘金者的乐园"称著巴西，在两度"巴西奇迹"的创造中得到了迅速发展，成为一座古老而又现代化的大都市。这里市容壮观，有发达的金融、商贸、文化和教育体系，有占全国总产值一半的工业。经济的起步和发展，给这里留下了建城时开拓者的荣光，也留下了发展中坎坷的印记。譬如独立公园，实际上是一座纪念巴西独立的博物馆。园内立有伊比郎加纪念碑，是为纪念巴西于1822年9月7日脱离葡萄牙统治而独立所建的。碑下是皇家小教堂，里面安葬着在伊比郎

▓ 皇宫博物馆不允许拍摄内景，这是在过道上用强制不闪光拍摄的，倒是增强了影调透视，很有空间感。

▓ 皇宫博物馆与独立纪念碑在一条轴线上，看似相距不远，走起来却不近，宽阔的步行大道两边是草坪，大概是周末，有很多家长带着孩子在这里玩耍。

加河畔宣布巴西独立的佩德罗一世皇帝与莱奥波尔迪娜皇后的遗体。园内的独立呼声室陈列着独立时用过的地图、家具、古硬币、宗教艺术品、历史文献以及王室肖像等。另外，园内还保留着佩罗德一世发表独立宣言前一晚居住过的小屋。

再如，圣保罗最有名的金融街——保利斯塔大街，便是100多年前由一位旅居巴西的乌拉圭籍工程师兼房地产投资商艾吾杰纽·利玛和朋友投资开发的。当时，圣保罗人口不过10万，还是一个发展中的城市，但这位独具慧眼的工程师预见到圣保罗光辉的发展前景，决定开辟这条全长2800米的大道。当这条大道通行时，利玛便在演讲中预言："这将是一条引导圣保罗走向未来的光明之路。"进入20世纪后，外来的投资者加速了保利斯塔大街的繁荣。上世纪30年代末期，随着都市建筑法的改变，大道两旁幢幢大楼如雨后春笋般地拔地而起，一条崭新的现代化人道迅速建成。至今，这条大道上共有百座以上美观别致的高楼大厦，几乎都是工商金融业的办公大楼。这里集

对比是摄影中常用的手法，在伊比拉普埃拉公园的开拓者纪念碑前，我采用了这样的拍法：一是大小的对比，特别是当把人物作为参照的时候，景物的体积即刻被揭示，并得以突出；二是颜色的对比，人物着装的色彩与景物逆光处高色温的偏蓝色调形成对比，景物的质地和质感得到了强调。

顶着午时的太阳，我的同事们在湖边拍照留影，各"取"所"需"。值得安慰的是，我们的嬉笑言谈并没有影响在一旁沐浴阳光的巴西恋人。

伊比拉普埃拉公园湖面上的音乐喷泉，在午间侧逆光、高色温天空光的照射下，景物整体呈现偏蓝的色调，从多彩转向单调，有高雅、轻快的古典乐感。

旅游摄影小品

■ 据说圣保罗大教堂广场每天都是人山人海,今天在教堂正门的台阶上,就看见一片阳光被荫凉和纳凉的人群包围着的景象,我在车窗边拍了这张照片。

■ 大教堂内景一侧,利用内景的竖向线条结构和室内自然光线下的影调透视,采用竖构图,强制不闪光,保持了自然光照的纵深感。从景物与人物的对比中,可以看出教堂建筑的庞大,置身其中总有天庭高远、人间渺小的感觉。

摄影文记

中着数十家巴西和世界其他国家的著名银行,有数十万员工在这条大道上工作。设址于此的圣保罗工业联盟有1万余家会员工厂和公司,他们的年产值占巴西全国年产总值的20%左右。这条总长不足3000米的大道,如今被誉为巴西的"经济和金融大动脉",许多重大决策,往往都要在这里完成。因此巴西流传着这样一句戏言:"谁治理好圣保罗,谁就当得了巴西总统。"

圣保罗固然繁华,可人们整日生活在这样一座水泥林地里,自然会感到紧张和压抑,因此圣保罗人最喜欢的休闲活动便是去海滩兜风游玩,在那里或游泳,或晒太阳,也可以玩沙滩足球和沙滩排球,以此躲避城市的枯燥和喧嚣。去距离圣保罗地区最近的桑托斯海滩约需一个小时车程,因此每逢节假日,圣保罗都有数以百万的居民驱车涌向那儿。连接两地的高速公路上车流滚滚,绵延数十千米,景象颇为壮观。也许是天热的缘故,巴西人在户外锻炼时的一个特点是穿得少。在海滩上,女性清一色穿比基尼泳装,尽显各自美丽的身材。而在海边和街道上跑步的男青年基本都光着膀子,只穿一条紧身短裤。这些经常锻炼的巴西男女,体型健美,成为巴西特有的一道亮丽风景。

圣保罗人有着大都市的文化品位。他们认为自己是工业的先驱,同样也是艺术的创新者。这座城市最大的骄傲便是保罗大街上的圣保罗美术馆。它是南美诸国中唯一全面反映

　　拉丁美洲纪念馆的布局和建筑造型给人的印象很深。大家纷纷在这位纪念馆的倡导者铜像前留影。我为这尊造像的深情所打动，当一位同事走向铜像留影的瞬间，我拍了这幅照片，好像这位倡导者正回过头来，深情地说："欢迎您！中国朋友。"

摄影日记

旅游摄影小品

> 这白色的雕塑，在一幢映着蓝天的玻璃体建筑前，像海鸥在蓝色的海空翱翔。

> 圣保罗喧闹的背后是生命的激情和张力，紧张的后面是人性的释放和自由。

这是一尊独特的人体雕塑，被俗称为"魔鬼身材"，展示着拉丁妇女肌肤黝黑和曲线的美。在大小和影调对比中可以想象这尊雕塑的体量，也加大了一种审美意识的张扬。用平均测光，以保留大反差的主体和背景的层次。

旅游摄影小品

西方美术从中世纪发展至今的博物馆。馆内藏有法国印象派画家、佛罗伦萨派画家和翁布里亚派画家的大量名画。如拉斐尔17岁时创作的名画《复活》、伦勃朗的自画像、弗兰斯·哈尔斯的三件作品、雷诺阿的13幅油画、图卢兹·劳特累克的10幅名画，以及其他美术大师的杰作。美术馆还藏有罗丹、德加等大师的雕刻，19世纪和近代巴西画家的作品，以及哥白林双面挂毯和文艺复兴时期意大利的花饰陶器。地下室内收藏着珍贵绘画、古玩、玻璃制品和其他宝物。而圣保罗最重要的文化活动场所，是位于维尔盖罗大街的圣保罗文化中心，它也是拉美最大的文化活动场所，占地50000平方米，建筑分上下两层，四周是一片草坪。文化中心是一所多功能的文化场所，经常举行音乐舞蹈演出、上映电影并举办美术与摄影作品展览。

作为一个现代化的大都市，圣保罗给人的第一感觉是热闹和喧嚣，令人无所适从。但居住时间长了，你就会体会到它独特的魅力，体会到它喧闹的背后是生命的激情和张力，体验到它紧张和压抑的后面是人性的释放和自由。■

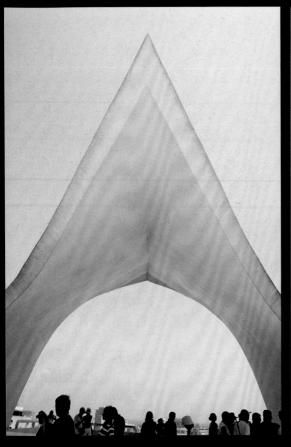

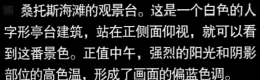

■ 桑托斯海滩的观景台。这是一个白色的人字形亭台建筑，站在正侧面仰视，就可以看到这番景色。正值中午，强烈的阳光和阴影部位的高色温，形成了画面的偏蓝色调。

■ 桑托斯海滩在圣保罗第一大港桑托斯港。下午，在海滩玩耍的孩子们十分自然地接纳了我的"摄影采访"。此时阳光明媚，光线均匀，均采用全自动挡，平均曝光。

摄影手记

"圣保罗人最喜欢的休闲活动便是去海滩兜风游玩，在那里或游泳，或晒太阳，也可以玩沙滩足球和沙滩排球，以此躲避城市的枯燥和喧嚣。"

旅游摄影小品

　　巴西是足球的王国，到海边冲浪的年轻人总是带着足球，冲浪前要玩一阵子足球，有人纠正我说，他们是踢沙滩足球，冲浪是休息。于是，在海滩上与巴西的年轻人一起狂玩了一阵沙滩足球，然后给他们拍了这张合影。在他们的笑容中，我看到了真正的"快乐足球"。

　　我想起上午在福利院时见到的一位孩子，拍照时他紧紧抱着一个足球，离开时看见他朝我们点点头，还是紧紧抱着那个足球，想必这是他心中的理想(右下图)。

■ 圣保罗足球场，巴西第二大足球场，顺光下的蓝天、红座、绿地，十分鲜明，很有色彩效果。在圣保罗人的眼中这里的一切一定很神圣，包括这样的颜色——圣保罗足球场的基色，正巧，这是摄影三基色。

别样的风情　细节的感动

巴西街头风情一瞥

■ 马瑙斯码头的过街桥上，一位摊主头顶着快餐食品赶往码头。(上图)
■ 圣保罗街头一位少年坐在路边，静静地候着夕阳……(对页图)

　　体察一座城市的气质，最好是看它街头的风情。

　　巴西街道在人部分人的印象里，多是花花绿绿、疯狂喧闹的狂欢节流行场面。其实，巴西诸多城市，虽都有它热情火辣的一面，但用心观察，关注细节，你也会发现它另一面的别致风情。譬如街头的手工艺集市，有颇负盛名的巴西皮件，如皮鞋、拖鞋、皮包、皮夹等；还有巴西独有的工艺品，像美丽的木器、草编的饰物、别致的陶器、手工蕾丝和刺绣等。而来自亚马孙雨

并不都是如林的大厦，也不都是如田的小屋，有如醉如痴的生活，也有如风似雨的日子——街头像个万花筒，五颜六色的图案交织着人间的幸福和孤独、生计和操劳。街头很轻松，也很平常，有人说，巴西人喜欢在轻松中改善生活，在平常中创造生活。为了方便起见，街头的镜头大部分都是用全自动功能拍摄的。

　巴西街头这些形制各异的手工艺品、人像画摊及小吧亭无不散发着巴西的气息，从细节处反映了巴西这个国家独特的气质和多样的民族情趣。

摄影文记

　　林深处印第安手工艺品，无论色彩，还是造型，都极具诱惑力。这些形制各异的手工艺品，从细节处反映了巴西这个国家的独特气质和多样的民族情趣。

　　城市的气质还体现在特别的城市氛围中。巴西城市的生活节奏非常慢，好像他们有着大把大把的时间和心情去挥霍。以里约为例，在任何一个小酒店门口，要一杯酒，就可以和店主或过路的人开心地谈天。慢节奏的生活让人们更懂享受，所以里约的剧场、画展、路边的吉他手或者画家也特别多。对于南美洲人而言，里约也许就是他们心目中的巴黎了。

　　也许是气候的得天独厚，巴西的城市，无论大小，给人印象最深刻的便是大片诱人的绿色和处处可见的缤纷花朵。这座城市，空气中也因此弥漫着醉人的花香，而一草一木，一叶一枝，也都因为自然的恩赐，让你为城市中相关自然的精致细节而感动。巴西人喜欢夜生活，所以相对而言，白天的城市倒显得清静。而每逢夜幕降临，浓装艳抹的城市才开始在霓虹灯的伴奏下热闹起来，音乐和舞蹈，是巴西人离不开的精神法宝。有了它们，城市的夜才开始燃烧，整座城市的夜晚也因此充满了生机和活力，这也正是巴西城市最大的魅力。

　　因为民族和文化的多元性，使得城市的街头文化更富生机和魅力；因为各种文化和各类人种相互交融，使得巴西的街头文化激情四溢、精彩纷呈，同时因为更具鲜活的生命力和新锐的创造力，巴西的城市更具别致的气韵和美丽。■

■ 巴西的街头是巴西人的，也是巴西植物的。常年的绿色陪伴着人们。人称巴西是"地球之肺"，这里的生态环境不能不让每一个置身其中的人对街头的每一棵树和每一根草产生感情。

旅游摄影小品

让血液沸腾的桑巴舞
Samba

谈到巴西，就不能不提及充满浪漫拉丁风情的桑巴舞。

桑巴舞起源于非洲西海岸，16世纪时跟随黑奴传到巴西，后来它吸收、融合了葡萄牙人和印第安人舞蹈和音乐的艺术风格，最终演变成今日颇负盛名的现代桑巴舞。这种舞蹈有着热带雨林地区特有的韵律：紧张、欢快、热烈活泼，舞蹈者的每一块肌肉都在抖动。同时配以亚马孙河畔民族五彩斑斓的华丽服饰和头饰，展示出巴西人民热爱生活的乐观性情和动人画面。

有人说"桑巴舞已渗透到巴西人的血液中"，此话不假。最具代表性的便是巴西举国欢庆，全民参与的节日——狂欢节。相传从1910年起，巴西的音乐家们每年都要为狂欢节创作新的狂欢进行曲、桑巴舞抒情歌曲以及戏谑取闹的歌曲等。随着时间的推移，巴西的狂欢节已离不开桑巴舞，也正如巴西人所说"没有桑巴舞，就不存在狂欢节"。

巴西桑巴舞一般以里约的桑巴舞最为知名，因此里约被人们称为为狂欢之都。那里有一整套严格的管理办法、比赛规则和升降级制度，有深厚的群众基础和充裕的后备人才，还有设施完备的训练和比赛场所。里约狂欢节已经成为巴西桑巴舞的代名词，每年都吸引着世界各地的游客前来观看。

里约热内卢狂欢节最早并没有固定的场所，由于狂欢节时值盛夏，天气炎热，所有活动都在夜晚进行。从20世纪70年代起，各桑巴舞学校建议在市内修建一座桑巴舞赛场，用于狂欢节活动。1983年，著名工程师奥斯卡·涅梅耶尔亲自设计，6万名建设者齐心协力，建成了一座能容纳数万观众的桑巴舞赛场。从此，里约热内卢狂欢节就有了固定的场所。

在里约市区的桑巴舞广场，每年都会举行

■ "现代桑巴"是巴西的"国舞"，如同中国的京剧，是巴西的国粹。有机会在里约热内卢欣赏到久负盛名的巴西桑巴舞表演，自然兴致很高。但是一心想拍好照片，也很犯难。要拍桑巴舞表演似乎并不难，但是要拍出桑巴舞的韵味就太不容易了。于是我就一直在观看表演中寻找表现桑巴的最佳形式，边欣赏边拍摄，等到表演结束，自己还是觉得只是拍了不少"桑巴记录"，而并没有找到最理想的"桑巴神韵"。

■ 桑巴表演，不仅节奏欢快、舞姿优美，而且服饰华丽。因此，我特别注意选择明快、跳跃的色彩，采用虚实、动静对比的手法,利用舞姿的局部作前景，希望加强表演的现场感，传达出"让血液沸腾"的感觉，但是拍摄的结果与实际上的感觉距离还是很大。

摄影手记

"不论是什么摄影题材，缩短立体视觉和平面造型的差距是摄影造型和形式创新永无止境的课题。"

令全世界激动的狂欢节。想象一下：随着桑巴舞雄壮、欢快的音乐的响起，参赛队伍在前导方阵的引导下缓缓进入灯火辉煌的赛场，在长达700米的赛场上排成长阵，场面是何等壮观！最具号召力的是鼓乐方阵，由年轻人组成的方阵把鼓擂得震天响，那威武、雄壮、震耳欲聋的鼓点震撼着桑巴舞赛场，震撼着里约热内卢，震撼着整个巴西！全场六七万观众听到鼓点都坐不住了，纷纷站立起来，伴随着鼓点的节奏，也跳了起来。台上和台下遥相呼应，演员与观众融合在一起，全场成了一片欢乐的海洋。人们欢呼着，跳跃着，忘掉了所有的烦恼和苦闷，以个人最奔放的方式表达自己心中的喜悦和欢乐的心情！这就是里约热内卢狂欢节特有的魅力！

2004年3月31日，巴西文化部决定将巴西的桑巴舞蹈和音乐向联合国教科文组织申报世界文化遗产。巴西特有的桑巴舞蹈和音乐是世界最负盛名的狂欢节的核心内容和形式，百年来深受巴西及世界各国人民的喜爱，并在不断地丰富和发展。■

摄影课堂

在外在世界中观照自己的内心，在立体视觉中寻找美的平面形式……

谈到"构图"一词，总有"构思"、"构建"、"构设"、"构造"等事先安排设计的意思，但对摄影来说，构图显然不像绘画那样由着自己。但是，无论是事先设计，还是即兴为之，构图对平面造型来讲，都是一件必须认真对待的事情。

在旅游摄影中，除了完全的"自助游"，一般旅游团的外出时间安排往往自己无法掌控，每到一地常有光线不理想，或游览拍摄的时间不充分的情况发生。因此，对一般的旅游摄影来说，在用光和构图两个造型手段中，用光不由自己掌控，留下的构图虽然与用光关系甚密，但是仍不失是一个可以由我们自己控制的造型手段。因此，如何避用光之短、扬构图之长，在旅游摄影中颇为重要。

有人说，构图是一种感觉，拍多了就会了。这不能说没有一点道理，但是这种感觉的建立，需要对构图的基本原理有所了解，这样可以少走弯路，加快进步。

学习构图需要掌握三个方面，我总结为"一个中心，三个要点，四项内容"。一个中心是一个视觉中心；三个要点是利用对比、发现节奏、注意均衡；四项内容是摄影造型的基本元素、基本特征、基本手段及其关系。四项内容是造型的基础；三个要点是基本原理；一个中心是构图原则。

下面我们从基础谈起——

把握特色 方能得心应手

一种妙不可言的造型艺术!

"镜像"造型的局限性,使得我们不得不在三维视觉中,去寻找和发现有助于表现三维视觉的平面形式。

当我们把立体景物变成照相平面中的物体时,我们会发现眼前的事物发生了变化。事物的具体内容被取景框分割了,比如,在某一个事发场面,有事件的主要人物,有事件的相关环境,也有事件的旁观者,甚至有几乎与事件毫无关系的小朋友、小动物……同一个事发场面,却可能被"取景框"分解成许多不同的"摄影解读"。物体的具体形状被取景框截取了,在特定的光线条件下,一片树林可能是一组有节奏的线条、是一组对比强烈的影调或是一组和谐的色彩。一个平常的景物,在光的作用下,"取景框"里的物体形状成了摄影造型元素神奇的集合。

有了从立体到平面、完整到局部的感悟,有了对变幻莫测的光线的体验,一切都变得妙不可言。

一种缺乏想象空间的造型艺术?

文学造型离不开文字和语言,音乐造型离不开音符和旋律,美术造型离不开点、线、面、色,而摄影造型却离不开被摄对象。对象是什么,我们就得拍什么,得到的几乎就是"镜像",而没有想象空间。是的,这是摄影工具决定的,照相机决定了摄影造型必须受到拍摄对象和拍摄条件的限制。人类发明照相机不就是为了"精确地复制"吗?为什么要怀疑我们的初衷呢?这是全人类的一个多么执著而伟大的创造啊!究竟是摄影造型没有文学、音乐、美术造型艺术那么自由,还是摄影造型本来就不需要这种自由?!

一种人人都可以当"家"的造型艺术?!

摄影似乎并不需要像文学、音乐、绘画等技术方面的专门训练,如今的自动照相机又减少了许多摄影技术操作方面的麻烦,到了"只要你会按快门"的地步。但是,技术与艺术并不是一回事,技术的跨越,并不是艺术的入门。学一点照相技术原理,学一点摄影造型知识,仍然是十分有必要的。到大家有了对平面视觉的感悟,有了对光线变化的认识,一个人人都可以当"家"的时代就将到来,这是摄影大众化的必然趋势,因为我们学习照相,其实是普及审美。

摄影造型基本元素

与各类艺术造型一样，摄影也有构成自身艺术形象的基本元素，这就是线条、影调、色彩。(详见P.126~131)

摄影造型基本特征

因为摄影是平面的，因此，人们总是力图在照相平面上表现出被摄对象在三维空间的感觉，即空间感、立体感和质感。这是各类摄影作品对它们所表现的被摄对象共同的造型要求，这一共同的、一致的造型要求就是摄影造型的基本特征。

摄影造型基本手段

光是摄影造型的基础，构图是摄影造型的关键。所以照明和构图则是摄影造型的基本手段。

三者之间的关系

摄影造型的基本特征的表现是通过基本元素来实现的，如果摄影造型的基本手段(照明和构图)的处理改变了物体造型基本元素的关系，那么，造型特征的表现就相应受到影响。这里需要强调照明和构图对摄影造型处理的重要意义。(参照P.125摄影造型基本内容关系表)

从表中可以看出，对于空间感的表现，强调形状的线条透视以侧光效果最好，影调透视以逆光最好，色彩透视以顺光最好。对于立体感，可分为立体形状和轮廓形状的表现。对立体形状的表现来说，被摄对象的形状构成，形状的影调配置、色彩配置均以侧光的效果最好；对轮廓形状的表现均以逆光最佳，其中除轮廓形状的表现外，由于被摄对象影调和色彩的自身对比，其轮廓形状的表现也可以采用顺

光效果。质感的表现可分质地和表面结构。质地的表现以侧光或顺光效果最好，表面结构的表现则以侧逆光效果最好。

摄影造型基本内容关系表注：(右图)

摄影造型基本内容关系表是对摄影一般情况的剖析，它阐明了造型基本内容之间的关系和造型的一般规律。在实际拍摄中，对象的处理是复杂的，比如，空间感的表现是色彩、影调、形状三项条件或其中两项条件同时存在交错出现的；立体感的表现一般都需要同时考虑立体形状和轮廓状态；质感的表现也往往需要同时考虑质地和表面结构。实际拍摄中还有特征表现交错的情况，如空间感与轮廓状态、立体形状和质地或表面结构的表现。这都需要我们按表中指出的一般规律，对具体对象进行具体的分析。

摄影造型基本内容关系表

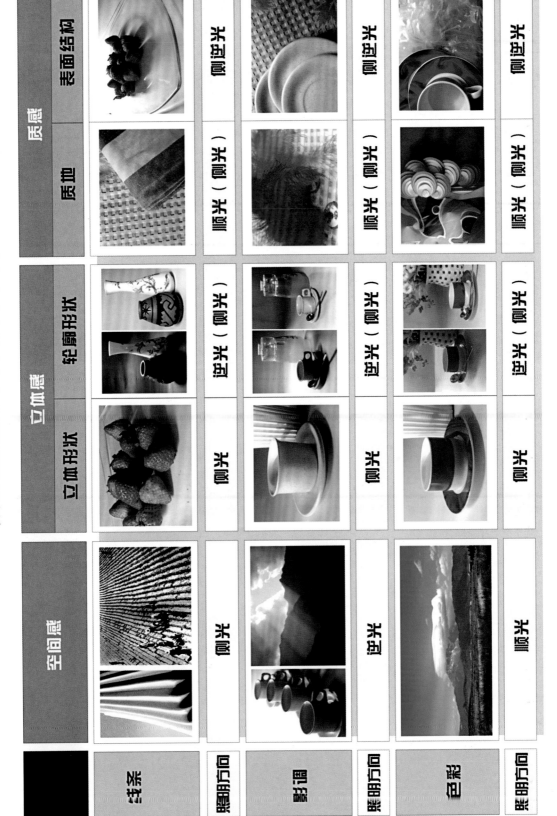

	空间感	立体感		质感	
		立体形状	轮廓形状	质地	表面结构
线条					
照明方向	侧光	侧光	逆光（侧光）	顺光（侧光）	侧逆光
影调					
照明方向	逆光	侧光	逆光（侧光）	顺光（侧光）	侧逆光
色彩					
照明方向	顺光	侧光	逆光（侧光）	顺光（侧光）	侧逆光

线条的诱惑
线条是最具有想象力的元素

线条在摄影中完全不同于绘画，它不是我们画出来的，而是被摄对象的自身形状在特定光线条件下反映出来的。我们所能见到的，无论是人造的景物还是自然的景物，在照相平面中，都有可能被看做流畅的线条结构、优美的线条轮廓、奇特的线状形态（如图）。难怪美国摄影艺术家本·克莱门茨和大卫·罗森菲尔德称摄影线条为"不存在的事实"。

形状和线条在摄影中是密不可分的。就物体的客观反映来说，线条是由物体的形状决定的；对摄影来说，物体的形状总是要通过相应的影调来表现的，影调对比的结果就是线条。

在摄影中，我们常常把景物的线形状态直接称作"形状"；在拍摄观察时，把物体形状的整体构成直接看做"线条"。但是必须明确，摄影的线条是影调或色彩对比的结果，没有对比就没有线条。线条越明显，形状越突出。

摄影画面的"线条"有两种存在形式：一是作为形状而存在的(图2)；二是以光影的轨迹而存在的(图1)，如夜间汽车在移动时留下了车灯的轨迹、夜空中由闪电弧光留下的轨迹、由行星留下的轨迹以及灯光组成的线条，等等。拍摄这种光影轨迹，除了相对静态的光影线条外，大多数都需要在暗背景下，采用慢速度曝光，因此三脚架或慢门线是必不可少的工具。以物体形状而存在的线条状态极为普遍，关键是如何按照拍摄者的主观意图，充分调动摄影造型手段(用光和构图)去突出、强调或弱化物体的线条状态。

摄影离不开光，光的作用对摄影画面中"线条"的表现影响很大。物体自身的形状只有在适当的光线条件下，才能够呈现独特的"线条"结构。在摄影造型元素中，影调对比对线条的表现是最强烈而敏感的，因此，影调对比的强调和削弱是表现物体的"线形状态"最有效的方法。在一般情况下，逆光(加强轮廓线条，图5、图6)、侧光(加强结构线条，图4)和侧逆光(加强线条透视，图3)是表现"线条"常用的光线。■

影调的神奇

影调是最能够引发视觉感受的元素

影调是影像明暗的变化，是物体形状和色彩在光照条件下相互作用的结果。影调在黑白摄影中是指照片影像的黑、灰、白阶调的变化；在彩色摄影中是单一色调的深浅变化。

影调的和谐与对比，能够让我们感受到视觉的吸引力，感受到一种"力"的存在，深影调的景物能够把浅影调景物推向远方，特别是当我们感受影调的时候，总是会不知不觉地弱化色彩，强化偏红、偏绿、偏蓝……的单色影调，此时的单一色调倍感神秘

1	2		5		7
	3		6		
	4			8	9

　　"光影"一词顾名思义，光、影不分家，有光才有影，有光就有影，"光"亮而"影"暗(图1、图2)。尽管这里的"影"并非"影调"的全部含义，但是说白了，摄影影调作为景物或是照片的明暗层次，确实是由物体的细节"影子"构成的。细节影调丰富，照片层次就丰富。

　　在直射光下，正方体会显出强烈的明暗对比，圆柱体会显出渐变的明暗变化；在散射光下，物体的明暗对比和明暗渐变的变化就会减弱，失去了层次。俗话说，光暗了，影子淡了，照片平了。可见，摄影影调取决于两个方面：一是光的性质和方向，二是物体的形状。直射光(如阳光)较散射光

(如天空光)明暗变化强烈；逆光和侧光比顺光的明暗变化强烈；棱角分明物体较弧状物体明暗对比强烈。物体形状对摄影影调的影响是局部性的，而光的性质和方向对摄影影调的影响却是整体性的。

　　景物的影调与色彩，随着光的方向变化而相互转换。当光的方向由顺光转为逆光时，景物的色彩转换为影调，在光的逆向位置最有利于影调的表现。因此在摄影活动中，我们总是用逆光、侧逆光来加强景物的影调透视（图5、图6、图7），用侧光来表现物体的立体感(图8)，用侧光、侧逆光或逆光来突出物体的质感(图3、图4、图9)。■

色彩的魅力

色彩是最能够激起情感的元素

色彩是物体自身对光的吸收和反射的客观反映。不同的颜色(色别)受不同的光照的影响,反映出不同的明暗(明度)和鲜艳程度(饱和度)。在形状和颜色之间,形状能够使人们识别事物,而颜色却更能够激起人们的情绪。美国著名美学家鲁道夫·阿恩海姆认为,大多数人把联想看做色彩的表情基础。其实人们对色彩的感觉是直接而自发

性的,人们对高明度、高纯度、长波的颜色就会自发引起兴奋。不同的颜色总是与人的思维、情绪、心境紧紧联系着。红色象征激动,绿色象征清新,蓝色象征平静,黄色象征高贵,看来色彩的魅力挡也挡不住,那么就让不同的颜色、不同的明度和不同的鲜艳程度为我们的摄影画面增添一些情感色彩和力量吧。

旅游摄影小品

我们生活在彩色的世界里，色彩也就成了我们最平常的视觉感受，正是这种习以为常的东西在不知不觉中"干扰"我们对摄影线条、影调的观察、认识和把握。这种"干扰"的原因有二，其一是色彩的情绪干扰，不同的单一颜色或多种颜色都能够激发人们相应的情绪，经常使人们将注意力集中于色彩，而忽略了线条和影调；其二是人眼的视觉记忆干扰，人们习惯认定树叶是绿的，就永远是绿的；雪是白的，就永远是白的。当在不同色温条件下，树叶和雪的颜色发生了变化，而人的视觉思维还在习惯性"纠偏"，忽视了真实的色彩感觉。因此，我们一方面要学习避开"干扰"：一是不要认为只要是彩色的景物就是好看的；二是以黑白摄影的方法，在彩色世界中学会观察线条和影调构成(图6、图7)。另一方面

要充分利用"干扰"：一是利用人对色彩的情绪反映，加强照片的内容或形式的表现力；二是利用人的色彩习惯视觉，通过不同色温条件对色彩的真实表现，增强感染力(图2、图3)。

在摄影实践中，我们经常采用顺光表现物体的色彩，利用顺光下的物体色彩的饱和度大、明度高的特点，强调色彩的形式构成(图1)，突出内容主体(图8、图9)。我们也可以利用不同色温的景物色彩，或利用单一色调的景物，来激起视觉联想，加强视觉情绪(图4、图5)。■

```
┌─────────┬───┬─────┐
│         │ 2 │     │
│         ├───┤     │
│    1    │ 3 │     │
│         ├───┼──┬──┤
│         │ 4 │  │  │
│         ├───┤6 │ 7│
│         │ 5 │  │  │
│         ├───┼──┼──┤
│         │   │8 │ 9│
└─────────┴───┴──┴──┘
```

在变化中寻找规律

发现节奏

节奏是照相平面中最悦目的形式。比如，线条、形状、明暗、色彩都可能在特定的光效下形成连续、重复、间断、交替、渐变等各种平面的视觉节奏。它有两种意义，一是产生协调感；二是产生视觉快感。

自然的节奏是一种生命现象、运动现象。因此，节奏也就自然成了人类审美的一种需要。在日常生活中，人们总是希望在纷杂的事务中找到一种秩序，每天上班、下班、休息，再上班、下班、休息，就形成了一种生活节奏，也叫节律、规律。不管工作有多大的困难，生活节奏的有序性无形地缓解着各种压力。很多老同志退休了，一种多年形成的节奏打破了，会感到不习惯，感到郁闷，于是需要重新建立一种生活节奏。平时，我们都有一种体会，事情不怕多，就怕乱，乱就是无序。但是，一旦找到了规律，有了秩序，事情就变得简单了，也轻松了。可以说，摄影画面的节奏感所带来的视觉的愉悦、和谐和快感，是人们对自然、生活有序性的一种心理折射。

摄影的立体视觉在不经意的情况下，看上去总是繁乱无序的，因此发现节奏的关键是认识拍摄对象与环境之间的关系，把握有序性。要从大处着眼，行人再乱，走不出这条马路，游船再多，都处在这片海湾……马路、海湾本身就是一种"秩序"；要从小处着手，我们在大多数情况下所看到的景物都可以被看做节奏单元，行人的光影、身穿校服的学生、游船的桅杆、游船的倒影……都可能形成有序的节奏。

构图的要义原本就是在无序的立体视觉中发现有序的平面形式，节奏就是一种有序的平面形式。但是，节奏的根本意义并不在于刻意地去找那些节奏程式，而是寻找秩序，把握变化。

旅游摄影小品

利用对比

　　对比是照相平面中最普遍的运用形式，被认为是画面视觉语言修辞的最重要的方法。对比的例子很多，比如大小、形状、色彩、明暗、虚实，还有动静、方向、质感的对比，等等，凡是可以利用的差异均可以对比。可以说，对比无处不在，无时不在。

　　从摄影的技术角度来看，照相机有两个特点，一个是照相机的镜头透视，从技术上造成的近大远小效果；另一个是照相机的平面成像，从技术上造成的前后物体的无距相贴效果。无论是前者的透视感，还是后者的景物相叠，为对比的利用提供了很大的空间。如果说，近大远小和无距相贴是照相机与生俱来的特点，那么，对比就是照相机与生俱来的表现形式。

　　从摄影审美角度来分析，美的事物都能够归于一种"力"的存在，但并不是任何一种"力"都能够找到恰如其分的形式，因此，美的事物不一定都能够拍摄成为美的作品。本书多处谈到立体空间与平面视觉的转换问题，这就是说，一个被立体视觉感受到的"力"转换为照相平面所表现的"力"，需要我们找到一种"力"的表现形式，而对比就是"力"的平面形式。有了对比，就有了视觉张力，画面就有生气。

注意均衡

均衡是照相平面最基本的形式要求，也是画面统一的需要。在摄影活动中，画面的均衡问题常常受到实践的挑战，特别是纪实摄影，由于观念的更新和手段的张扬，不时冲击着均衡的传统概念。但是，要不要注意画面的均衡，回答仍然是肯定的。

摄影画面的均衡取决于视觉重力和视觉方向两方面。

视觉重力是形式力感，是传统平衡理论的经典内容。比如，偏离中心的物体重力大；孤立的单个物体重力大；体积大的重力也大，暖色比冷色重力大；白色比黑色重力大；形状规则的物体比不规则的物体重力大；线条汇聚方向的重力大，等等。尽管借用的是绘画理论，但是在摄影实践中是十分有用的。人们在看照片时，经常会感到某张照片看上去不舒服，不耐看，有时这种感觉还难以言谈，这在很大程度上是画面中的视觉重力失衡。在人们的直觉中，对视觉重力是比较敏感的，懂得其原理，就容易在拍摄实践中控制这种力感，这对现场构图时的抉择很有帮助。

视觉方向是心理力感，它是指被摄对象的方向性和被摄对象所预示的运动的方向性对画面的均衡产生的影响。有的照片一旦画面稳定了，反而失去了意味。问题往往就出在我们刻意用形式力感的均衡破坏了画面的心理力感。比如，在一位运动员起跑的前方，画面一片绿茵；或在大潮涌来的前方，画面一片蓝天。画面预示了运动员或潮头运动的方向性，画面看似不均衡，但是有很强烈的心理力感使画面达到均衡。如果采取形式力感的均衡方法，在他们的前方出现了物体，画面的感觉全然不一样了。物体的明亮部位、色彩的鲜艳部位、人们的感觉习惯等都会产生方向性和预示方向的心理力感。因此，我们不能完全用"视觉重力"的稳定感来理解均衡，不少摄影作品正是靠心理力感，激起人们感觉上对均衡的追求而达到强烈的艺术效果。

我把形式力感产生的均衡效果称为"实平衡，把心理力感产生的均衡效果称为"虚平衡"。认识和掌握虚平衡为摄影画面的均衡处理打开了无限的空间。因此，要锻炼视觉洞察力，学习用直觉来处理均衡，而直觉的培养则需要综合素质的提高。■

抓住中心 才能统领画面

我们拍摄的每一张照片，总得有一个"看"点，视觉中心就是照片的看点。

一张照片必须有一个视觉中心，没有不行，多了也不行。

视觉中心并不是主体本身，却是表现主体的特定的形象语言，是打开主体的"窗口"，聚焦主体的"眼睛"，感受主体的"心灵"，是摄影艺术的视觉"语境"。

从主体谈起

不论拍什么，或人、或事、或物，或线、或形、或色，不管强调的是内容还是形式，每张照片总得有个主角儿。这个"主角"就是我们常说

左中图的主体是飞奔的牛群，但是我们的视觉却被画面中奔牛在逆光中形成的强烈的光影节奏所打动。

……

这样的例子很多，其实对主体形式的把握，是对主体内容认识的深化。因为摄影是形象的，我们必须找到能够反映拍摄主体内容的形式。在摄影活动中，没有形式的内容，是空洞的内容；缺乏形式的内容，是无力的内容。同样的主体内容，采用不同的表现形式就可能传递不同的信息。

因此，摄影的主体并不仅仅局限于具体明确的事物，主体有两种——

一种是内容主体，也就是我们习惯中所称的"主体"。我们所要拍摄的是谁，是什么，是什么

的主体。

有趣的是，在摄影活动中，我们会关注主体的内容，但是更多的时候我们所关注的主体，往往不在其内容，而在其形式。

左图的主体是一排皮靴，但是吸引我们注意力的却是这排靴子在堆放时由色彩和质感所形成的一种节奏。

事，其内容既具体又明确。如中图(《携手》(杨春明摄)，婚礼的合影为这对新婚伉俪留下了永远的纪念，主体形象直接表述了这两位年轻人在婚礼中留影的一个场面。主体是确定的，人与人之间的关系是确定的，事件是确定的。内容主体的确定性使摄影有了"立此存照，以照为证"的重要特点。一般的纪实类摄影，特别是新闻摄影均具有

明显而具体的主体特征。

　　另一种是形式主体，由于对拍摄对象的不同认识、不同理解和不同的拍摄角度，我们往往淡化了人、物、事的具体性和确定性，其形式成为了画面的主体。如上页右图《人间》(李森林摄)，作者同样面对婚礼场面，画面摄取的却是婚礼中一对新婚夫妇并进的背后，双双携手的局部，构成了黑、白、红的形式主体，表述了人生旅途中意味深长的一幕。这时，主体形象的确定性被打破了，人与人之间的关系构成了一个特殊的形式，带来了强烈的象征意味。主体形象被提炼了，主体内涵被放大了、扩展了。作者利用婚礼场合中这种特定的构成传达了一种人生特殊的感受，一种感受人生转折的普遍情绪。作品通过形式主体传达着一种意图，一种情绪。抽象性的主体在特定的形式中传达的感受和情绪往往更强烈、也更具有普遍性。艺术类摄影都不同程度地具有主体的抽象性特征。

　　左图《巴西利亚——国家陆军总部》是从内容入手的，在具体而明确的总部外景构成了内容主体。而左中图是从形式入手的，总部外景的确定性被弱化了，相对抽象的景物构成的形式主体，传递了一种肃穆的环境氛围。

　　同样，中图《朝圣》有具体和明确的拉合尔朝圣地的环境，强调的是朝圣的内容；而右图中圣地的确定性似乎被弱化了，但一片无边无际的人海，涌动的节奏打破了朝圣地的局限，把百万朝圣者们聚积在心中的虔诚表现得更加强烈。

　　形式主体不一定是一个人、一件东西或一个地方。它可以是一个形状、一个线条、一个物体局部的质感，或者是相互联系着的若干物体。

什么是视觉中心

　　一幅照片，不大的地方，不是把主体随便往取景框里那么一放，就抢眼的。用什么来吸引人们对主体的注意力？是摄影构图永远的话题。

　　摄影活动离不开"注意力"这个心理学概念。我们常常被生活中的人、物、事所吸引，将其作为我们的拍摄主体。但是，这些被感动的人、物、事一经拍成照片，往往又不像我们想象中的那么吸引人、感动人。可见生活中的"注意力"与照片中的"注意力"并不完全是一回事。要把生活中被吸引的"注意力"转换为摄影画面中的"注意力"，需要寻找到一种足以表达这种"注意力"的平面形式，这个形式就是我们常说的视觉中心。

　　视觉中心是摄影画面中能够吸引注意力，引起特殊的视觉感受，激起强烈的思维想象的形式。

　　视觉中心可以是主体本身，也可以不是主体本身，但是，它必须是可以集中、强化或引导

主体的形式。它在画面中总是占据了最显要的位置；有着一副与众不同的样子。

视觉中心的表现

对内容主体来说，视觉中心是一个位置——是摄影画面中的主体位置。 它是画面的中心或者最显眼的位置，是线条透视汇聚的地方，是形状、影调、色彩对比中最突出也是最强烈的部位。(左上图、右上图)

对形式主体来说，视觉中心是一个形式——是主体的自身构成。 拍摄任何照片，我们总是希望拍摄的主体能够被人们一眼盯住。因此，我们总是努力寻找有助于主体表现的形式，吸引人们的眼球。

如左图、中图、右图三幅作品中有着同样的主体——山，但是各个画面在不同的光线条件下所表现出来的不同影调、色彩和状态，形成了足以引起视觉感受的形式，视觉中心成了主体的自身构成。

下页的四幅作品中，海是主体，在特定光照下的海面形成的影调和节奏是视觉中心，构成了如同绵绵雪山(下页左上图)、柔柔丝絮(下页右上图)，似油画重彩(下页左下图)、水彩画(下页右下图)般的意境。在这里，视觉中心作为特定的形式成为主体的组成部分。

同样的山，同样的水，主体可以相同，但是视觉中心是可以变化的。显然，视觉中心并不是主体本身，却是表现主体的特定的形象语言，是打开主体的窗口，聚焦主体的眼睛，感受主体的心灵，是摄影艺术的视觉

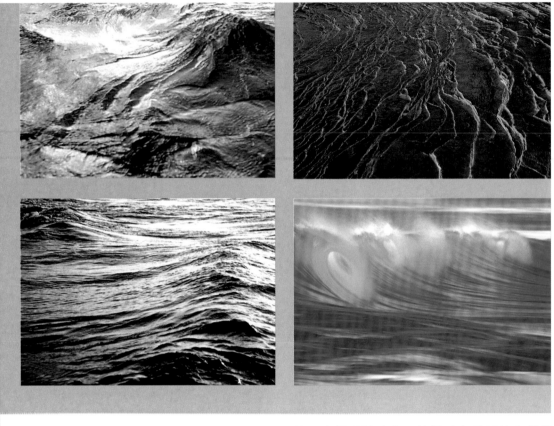

"语境"。

　　要注意，摄影画面中有主体与视觉中心的分离现象。主体与视觉中心的分离现象是摄影所特有的。我们举一个普通的例子，比如在一次聚会时，灰色着装的主人与黄色着装的客人在一起谈话。主人是显而易见的主体，而客人却因为着装艳丽而成为画面的视觉中心，这时有经验的拍摄者可能就会从客人的侧背方向去拍摄主人的正面，让视觉中心起到导引主体的作用。但是，事实上视觉中心并没有因为构图的变化而改变。这种分离现象是摄影所特有的，如果是绘画，作者完全可以自行安排，除非有特别的需要，画面中不会有视觉中心和主体分离的可能，但

是，在摄影活动中，拍摄对象并不是由摄影者自己安排的，这种分离现象往往就难以避免。因此，拍摄时要特别注意加强主体和视觉中心的合一性和关联性，削弱其分离性。

　　要千方百计发挥视觉中心对主体的引导和强化作用。由于摄影存在着主体和视觉中心分离的现象，因此，在主体和视觉中心处于分离状态的时候，要尽力使视觉中心在画面中起引导主体、强化主题的作用。如下页中图，拉车的人是主体，车上满载的货物可以看做是主体的一部分。实际上在画面的构成中，这堆货箱是视觉中心。在拉车人、货物主体和背景形成了冷暖色调的对比中，摄影者利用这个视觉中心与主体的关联，以强烈的形式感引起了

旅游摄影小品

人们对拉车人的关注，从而强化了对生活的认识，起到了强化主题的作用。

如左图，主体是弯弯曲曲的河滩，视觉中心是老人和狗。视觉中心打破了河水的节奏，强化了一种生命的律动。

如右图，主体是建筑雕塑，视觉中心是古老建筑在夕照中的色调和那只小得不起眼的鸽子，正是这只小鸽子烘托着这座古老建筑的宁静气氛。

照片没有视觉中心不行，多了也不行。一张照片有一个主题，就有一个主体，必然有一个明确的视觉中心。在照片中，无论是内容主体还是形式主体，必须找到一个明确的视觉中心，在一张照片中如果没有压倒优势的视觉中心，就会让人迷惑不解。

视觉中心的表现要树立单一化的概念，学会分解，学会减法。因为任何题材都可能有若干内容和物体，每一个都有可拍之处，但是我们必须选择一个。拍照的通病就是看见面前的景物，觉得其中每一件东西都好，都有价值，把它们统统拍下来。这种包罗万象的拍摄方法就必然造成视觉混乱。因此，有些东西必须割爱。割爱是一种艺术处理方法，这就像写文章一样，要敢删，特别是新闻稿，能够一句话说清楚的，决不多半句。惜字如金，其实就是要文章干练，使主题鲜明。照片更是如此，方寸之地难容万千，必须想方设法突出一件事物，表现一个景物，强调一种感觉，把其他从属的东西排除掉，或降到次要地位。不应让其他有视觉刺激或有吸引力的景物分散观者注意力，从而破坏作品的效果。

法国纯粹主义艺术家柯布西埃说过"丧失感受性的艺术是不存在的，感受赋予一件艺术品以生命。"在摄影活动中，视觉中心的发现和表现就是摄影作品的感受性，就是感受。艺术之高深，虽难言传，但需意会，在摄影艺术中的这个"意"，就取决于视觉中心的发现和表现。■

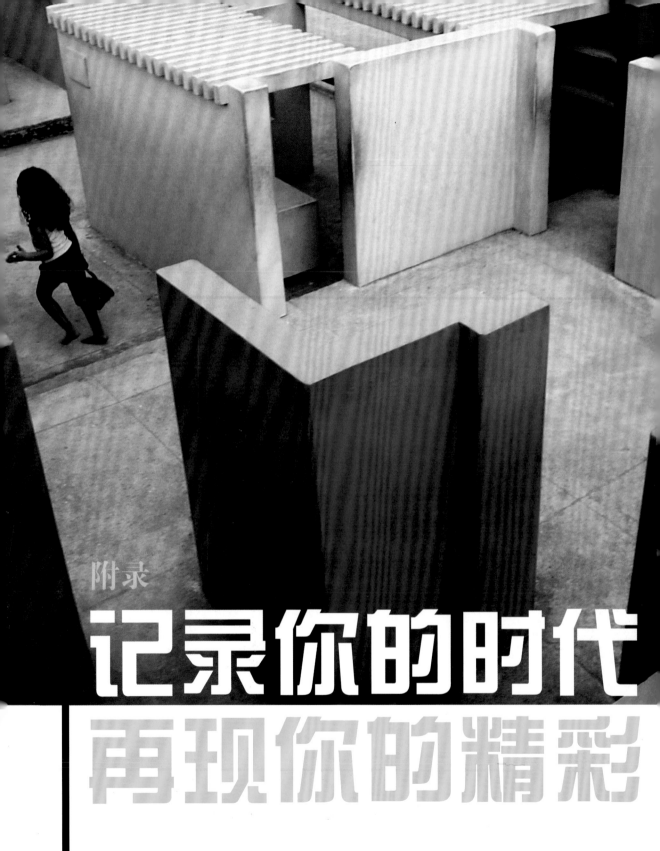

附录

记录你的时代

再现你的精彩

图/quanjing

旅游摄影小品

数码相机知识

数码相机与传统相机的区别

数码照相机（在严格的意义上讲，"数码"应该称作"数字"，即"数字摄影"、"数字照相机"，而本文全部采用了当前人们通俗的说法，即数码摄影和数码照相机。）与传统照相机在外观上看似差别不大，而实际上差别很大，其实质性的差别在于成像系统。数码照相机采用图像传感器成像代替了胶片成像，从而彻底改变了传统的照相加工工艺，除了打印设备外，其余都在照相机内完成了。

传统照相机的核心功能是胶片成像，然后需要进行冲洗、扩印或放大等外加工。

数码照相机的核心功能是图像传感器成像、图像信号处理、图像储存。然后把保留的图像输入计算机或打印出来。与传统照相机比较，数码照相机的核心功能扩大了，不仅成像，而且进行了"内加工"，相当于把底片冲洗出来了。

传统照相机的成像工艺需要"外加工"，而数码照相机的成像工艺是"内外加工"合一，这个实质性的差别，使得数码照相机在大多数情况下与计算机配合使用更能够发挥作用，比如数码照片的存储、传输和后期编辑、上网传输都离不开计算机。

可见，传统摄影后期加工的关键性技术是"暗室技术"，而数码摄影改变了这一关键技术，从传统照相机胶片成像到数码照相机数字化成像的实质性变化，带来了数码摄影对"暗室技术"的彻底革命。回顾从银盐成像(胶片、传统照片)到非银盐成像(即影照片)，从磁录(电子模拟)成像到数字成像，我们不难看出照相成像工艺发展的脉络，看出摄影暗室技术革命的脚步。摄影技术本身总是依托着照相材料的发展而发展，朝着工艺安全、简化、便利、高质量等方向发展和进步，因此，传统成像的衰落和数字成像的兴起是摄影技术发展的必然趋势，从照相成像工艺发展的意义上说，数码摄影是人们致力于"暗室技术"革命的非凡成果。

正因为数码照相机在很多方面，特别是在使用习惯上，与传统照相机有较大的差别，所以，购买数码照相机后，要认真阅读说明书，了解、熟悉数码相机的使用特点，这对于摄影者的操作使用和摄影创作都会有很大的帮助。

数码照相机的省电方法

数码照相机的耗电量比较大，因此拍摄者在拍摄过程中总会对电池耗电量有所担心。虽然绝大部分数码照相机使用充电电池，可以反复使用，但在户外，特别是在拍照的紧要关头，若电池突然没电，是一件非常扫兴的事。因此，要经常注意数码照相机的电耗提示，带好备用电池，还要学会利用数码照相机的省电功能，掌握一些省电的方法，会很有益处的。

1.设置各种自动关闭功能

数码照相机一般都针对"比较耗电"设计了自动停止功能。如：30秒钟内无操作时，相机自动休眠，LCD彩色液晶屏自动关闭等。重新开启这些功能，会比重新开机快得多。因此拍摄者可以根据各自的使用习惯或当时的具体情况，设置具体的休眠时间，这样既可达到省电的目的，又不太会错过较重要的拍摄机会。

2.关闭LCD，使用光学取景器

数码照相机除了光学取景以外，同时还可以使用液晶屏LCD进行取景，而且，在液晶屏LCD上所看到的影像与最终拍摄到的照片几乎完全一致，一般其覆盖率为97%左右，可以比较及时地掌握拍摄结果，给拍摄带来了方便。LCD在数码相机上可是一个耗电大户。但是，事实上LCD的主要功能并不是取景，而是用于检索和当即取舍。所以，应当尽量少用LCD而多用光学取景器取景。使用光学取景器，不仅省电，而且更重要的是拍摄时持机稳定，不易晃动，使成像清晰。同时，配合关闭LCD的拍摄，你可以将数码照相机的拍摄预览功能打开；即当一次拍摄完成时，彩色LCD屏可将刚刚拍到的照片立刻进行显示(停留2秒，10秒或更长)，然后，自动恢复关闭状态。这样就可以达到既能即刻查看照片，又能大大节省用电的目的。

3.提高ISO值，减少闪光灯的使用

我们知道，闪光灯也是比较耗电的，在光线不足时，闪光灯的使用是必然的。但是，数码照相机ISO值的可调性，使得我们可以通过适当调高ISO值、增加曝光补偿等办法来减少闪光灯的使用次数。但是要注意，提高ISO值，会增强躁点，影响图像质量。

使用数码照相机注意事项

1.防止丢失照片文件

数码照相机是以电子方式摄取照片，并以电子方式存储照片的。目前的数码照相机的处理速度虽然已经很快了，但把一张照片完整地存储到相应的存储卡内，还是需要大概1秒甚至更长的时间。特别是当你拍摄的是一张非压缩格式的照片时，如果在相机处理、存储图片的过程中，突然关机或停电，不仅会造成正在处理的数码照片没能保存下来，更为严重的是很可能整张存储卡上的照片也全部丢失，甚至存储卡也可能损坏。同样的道理，如果当你发现数码照相机提示电量已经不足时，应停止继续拍照，以免造成相同的后果！

2．存储卡的注意事项

我们买到的数码照相机一般都随机配备一张原厂内置存储卡，但是，其容量比较小，基本可以叫它下岗。另行加配一张容量较大的兼容卡(现绝大多数兼容卡为台湾制造，原厂存储卡会贵许多)。建议非专业人士还是选择1张1G的卡和1张512M的卡，或者2张512M的卡，以防万一出门后有1张卡出现意外。在使用前，最好是将你的卡进行一次格式化。这样会将一些该相机的具体信息写入兼容卡内，使得该卡能比较安全可靠的用于你的数码相机。存储卡是电子器件，要远离强磁场，不要受潮淋湿，防止强力撞击及跌落；为保险起见，建议你一次拍照后应尽快将其内容尤其是重要内容保存到计算机中做个备份，或者将每到600M左右的照片文件刻录成一张光盘长期保存，以避免一旦出现问题而丢失卡上的全部内容。

3．数码照片清晰度优先

数码照片的清晰度最重要，如果拍虚了，手抖了，解析度定低了，颗粒太粗了，图片质量过于差的话，那么，计算机也

无能为力！因此，拍照时，最重要的是对焦要准，并持稳相机，以把照片拍清楚。需要影像细腻时，ISO值就不要太高，解析度就不要太低。近距、微距、照度低的情况下，最好使用三脚架。

4. 调整解析度和压缩比

如果你没有配备很充足的存储卡，那么，对于每一次的拍照，可根据具体的拍摄目的，选择不同的解析度和压缩比的组合——即适合照片文件的大小，达到充分利用存储卡空间的目的。一般来讲，对于家庭照、旅游照等以5英寸或6英寸出片为主的拍摄，可使用1M到2M的格式。如果你是要将拍摄的照片用于出版、印刷或放大到较大尺寸时，应当选择数码相机的非压缩格式。

5. 注意快门时滞

数码照相机的快门时滞是指当你将快门完全按下到相机快门实际释放之间的那段时间。数码照相机的快门时滞相对于传统相机来讲比较长，是目前普及型数码照相机的一大缺点。针对数码照相机的这一缺陷，拍照时应记住，当你按下快门时，数码照相机的快门并不会同时释放，它会来得慢一点儿，你还要继续端稳数码照相机，稍待一会儿，等拍摄完成。

6. 读卡器的使用

每次将数码照片传入计算机时，若使用相机数据接口传输还是比较麻烦的，相机要开机，要耗电(使用外接电源相对好一些)，而且，电池最好是用满电量的电池，因为一旦传输过程中，电不够了(或突然停电)，损失将会很大！照片就会丢失，存储卡即使没有坏，也会有损伤！频繁地插拔数据线也容易磨损数据线接头及相机的数据接口。所以，在这里建议大家使用读卡器。现在的读卡器有专用于SM卡，或CF卡及微型硬盘的，也有三者通用的，绝大部分的接口也是USB接口，传输速率足够快。支持热插拔，也无需任何外接电源。经过简单的一次安装就可将读卡器装载到你的计算机上。你以后完全可以把它当做计算机上一个大容量的软盘驱动器使用。■

旅游摄影温馨提示

外出旅游摄影时，出发前最好做一些相应的准备，有备无患，以便不时之需。

1. 提前检查相机电池(包括备用的)的电力是否充足，有条件的话尽量多带几组备用电池。外出旅游，不确定的因素很多，很难保证你的电池能够及时地补充电量。如果电池还有余电，应尽量先放电再充电，这样会延长电池使用寿命。如果你的充电器不具备放电功能，最快捷简易的放电法就是开启相机的摄像功能或用闪光功能进行拍摄。

2. 检查一下上次拍摄的照片是否已经转存到电脑里，确保存储卡有足够的空间。另外，若是出远门或旅途时间较长，不妨多带几张备用卡或是大容量的卡，如果有条件，也可带个便携式的数码伴侣或直接带个笔记本电脑。

3. 尽快熟悉你的相机。如果你对于相机使用不熟练，建议你在出门前把说明书再看一遍，演练一下，并把说明书带上，不要到了目的地忘了怎么设置ISO或如何自拍，那会很尴尬的。

带上说明书可以随时自学，使用几次就熟练了。

4. 查看一下目的地的天气情况。看看是否需要带上雨伞雨衣，必要时还要注意带上一两件防寒的衣服和手套，否则会影响拍照的效果和心情。

5. 检查一下相机的拍摄模式以及ISO值。不要等拍完才发现设置错误：照片全是在曝光补偿下拍的，或者存储格式太小……这样损失可就太大了。

6. 检查摄影包的搭扣和背带有没有损坏的迹象；检查是否需要带三脚架或独脚架。当你去的地方光线弱(譬如森林中或室内)，或是想拍摄一些长时间曝光的特殊照片，三脚架是必不可少的工具。

巴西旅游资讯

国名: 巴西联邦共和国

The Federative Republic of Brazil

国旗: 图案中绿、黄色是巴西的国色。绿色象征巴西广大的丛林,黄色象征丰富的矿藏和资源。

国徽: 图案中大五角星象征国家的独立和团结,小五角星象征南十字星座。圆环中的22颗小五角星象征行政区域。

国歌:《正月的河》

国花: 毛蟹爪兰

面积: 854.7万平方千米

语言: 官方语言为葡萄牙语

宗教: 71%的居民信奉天主教

首都: 巴西利亚(BRASILIA)

巴西旅游实用信息

语 言: 葡萄牙语为巴西的官方语言,一般人不会外语。但是,在大型的旅馆或餐厅里,英语也通用。此外,西班牙语也较为常用,大多数人都听得懂西班牙语。

货 币: 巴西货币称为"雷亚尔"。由于巴西汇率经常浮动,因此游客初入境不宜换太多,随用随换。巴西大部分饭店和酒吧的账单里已经包含有10%的服务费,因此不必另外再付小费。巴西的出租车司机不会要求小费,机场和酒店的服务生一般得到每件行李1美元的小费。

时 区: 巴西跨越4个时区。巴西利亚的时间是巴西的官方时间,巴西夏季比北京慢10小时,冬季比北京慢11小时。

气 候: 巴西位于南半球,12月、1月最热,穿短袖即可;冬季是6月至8月,均温约为13~18℃,偶尔会下雪,可穿长袖加外套。

通 讯: 中国全球通手机在巴西部分地区可以使用,宾馆电话打海外较贵,一旦拨上国际线,不论接通与否都开始计费。

交 通: 巴西的铁路交通并不发达,主要交通工具是公共汽车。大城市有空调车往来于住宅区与商业区,路线从机场到各巴士站。而普通的汽车通常从后门上前门下。在里约热内卢和圣保罗有设备一流的地铁,游客搭乘方便快捷。如果要租车,在各大机场及主要的大城市里都可以租借带司机或自己驾

旅游摄影小品

驶的车辆。你也可以从当地电话簿查询到租车公司的电话。外国人驾车必须持有国际驾照。

标 准：拉美国家的旅馆房间不提供开水，如有需要可向服务台、陪同人员提出。另外，巴西的所有宾馆不会替旅客准备一次性拖鞋、牙膏和牙刷，这些物品需游客自备。旅馆费用不包括：收费电视、长途电话、洗衣费、客房内饮食等。房间内电压多为110伏，个别有220伏，两相插头可用，部分酒店可提供转换插头。就餐时，中餐馆饮料只包茶水，巴西自助餐不包饮料、甜点，如果团员点规定以外的酒水饮料等，需餐后另付费。

银行服务：巴西的银行系统非常发达、高效，而且覆盖面很广，可以提供大量的金融服务。巴西是拉丁美洲国家里金融体系最发达的国家之一。主要的跨国银行有：波士顿银行、花旗银行、西班牙Santander银行、日本Sumitomo银行和香港汇丰银行。

卫 生：巴西主要大城市卫生情况良好，无流行病传染，入境巴西不要求接种任何疫苗。但应注意，自来水中含杂质及铁锈，避免生饮。打算前往亚马孙地区或马托格罗索沼泽地的游客，为了安全起见，建议接种黄热病、狂犬病、伽马球蛋白、伤寒和小儿麻痹症(牛痘)疫苗，以保证自身健康。

安 全：巴西小偷较多，在上下公车时要十分注意。此外，避免在购物及晚上的时候单独外出，护照、贵重物品及现钞请寄放旅馆保险箱，避免随身携带，以防被偷。游览、就餐完毕，离开宾馆之前，一定要察看自己的行李，以防遗漏。在机场时，请配合接待人员看管好自己的行李。

购 物：在巴西值得购买的东西有咖啡和宝石。巴西是咖啡生产王国，咖啡的质量好，价格便宜。巴西的宝石种类繁多，高档的有祖母绿、天然水晶，低档的有红宝石、紫晶洞、紫晶石、蛋白石、黄玉等，全球超过一半的彩色宝石产于巴西。此外，蜂胶、皮件和手工艺品、蝴蝶盘(用蝴蝶标本制作)也都是不错的纪念品。

营业时间：大多数的商店以及公家机构营业时间是周一到周五，早上9点到下午6点；周六早上9点到下午1点，有些商店会营业到下午6点。大型的购物商场都会开到晚上10点，星期天也营业。银行的营业时间从早上10点到下午4点半。

巴西旅游禁忌

商 务：商务访问时，宜穿保守式样深色西装。随时记住，你的言谈举止宜保持友好。无论访问政府机关或私人机构，均需事先预约。在巴西，会话和行文时使用当地语言会更便利和亲切。使用名片应有当地通用文字，商品说明应有当地文字对照。和巴西商人进行商务谈判时，要准时赴约。如对方迟到，哪怕是1~2个小时，也应谅解。像大部分拉美人一样，巴西人对时间和工作的态度比较随便。和巴西人打交道时，主人不提起工作，你不要抢先谈工作。

色彩禁忌：在巴西，以棕色、紫色之色表示悲伤，黄色表示绝望。他们认为人死好比黄叶落下，所以忌讳棕黄色。人们迷信紫色会给人们来悲。另外，还认为深咖啡色会招来不幸。所以，非常讨厌这种颜色。在巴西，曾有过这样失败的例子，日本向巴西出口的钟表，因在钟表盒上配有紫色的饰带而不受欢迎。

礼 仪：巴西人不羞于表露感情，人们在大街上相见也热烈拥抱，无论男女，见面和分别时都握手。妇女们相见时脸贴脸，用嘴发出接吻的声音，但嘴不接触脸。谈话时要表现亲热，要离得近近的，但不要有失分寸。不管那里天气怎么热，穿深色服装都是适宜的。巴西人特别喜爱孩子，谈话中可以夸奖他的孩子。巴西的男人喜欢笑，但客人应避免涉及当地民族玩乐。对当地政治问题最好闭口不谈。在巴西人家里做客后的第2天，应托人给女主人送一束鲜花或一张致谢的便条。鲜花千万不能送紫色的，紫色是死亡的象征。

巴西大使馆、领事馆电话
驻华大使馆：北京市光华路27号 100600
电话：010-65322881、65322751
驻上海总领事馆：淮海中路1375号启华大厦10B座 200021
电话：021-64370110

巴西签证提示
1.过境签证的时间最长为十天一般不可延期，一次入境有效。
2.礼遇签证和公务签证可延期，延期手续必须在外交部领事司办理。外交、公务、礼遇、旅游签证的签发、延期或取消，均由巴西外交部决定。
3.签证过期后非法滞留于巴西境内的人员出境时需交纳罚金。

中国驻巴西大使馆联系方式
网址：http://www.embchina.org.br
地址：SES-AV. DAS NACOES，LOTE 51，BRASILIA-DF BRASIL CEP：70443
电话：0055-61-2448695，3464436
电邮：br@mofcom.gov.cn

中国驻圣保罗总领事馆
地址：RUA BOLIVEA.170-JARDIM AMERICA CEP 01437 SAO PAULO SP BRASIL
电话：0055-11-641813

中国驻里约总领事馆
地址：RUA MUNIZ BARRETG 715 BOTAFOGORIO DE JANEIRO，CEP 22251
-090 BRASIL
电话：0055-21-5514578，5514878

巴西旅游实用网址
www.brazilbiz.com.br www.terravista.pt www.embratur.gov.br

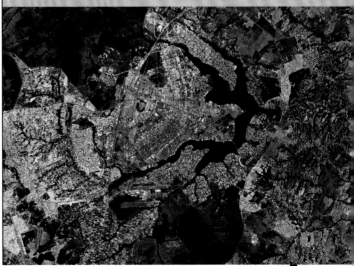

巴西利亚卫星图

后记
Postscript

感谢"沐凤图书工作室"几位年轻的朋友，将我的不登大雅的"小品"捧上了桌面。用这种方式把"摄影和旅游"嫁接在一起，也是他们的主意，是我平素有所为却又从未有过的"非分"之想。在本书的"实践篇"里，他们把我的旅行游记和摄影手记结合在一起。写"手记"是我的一种爱好，每到一处，常常随手拍几张，随手记一记，以图补文或以文补图，留下一些完整的感受。他们说，游记读后，可以加深对手记的理解。我没有想到"游记"和"手记"也可以互补。"理论篇"是按我平时讲摄影课的教案整理的，他们用画报方式的编排，用形式牵动了内容，与"实践篇"呼应，也是我所没有想到的。跟他们的合作无疑是一种学习，一种提高，一种创新。

感谢出版社的有关领导和同志们，满怀热情地让这本不成"体统"的册子"斗胆"尝试得以出版，无疑也是他们对这一创新之举的大力支持，对这种尝试的充分肯定和鼓励。

还要感谢与我同行巴西的同事们，感谢广东省财政局刘小聪提供的照片，特别是在巴西当我"弹尽粮绝"的时候，他们提供了数码照相机和笔记本电脑，桑巴舞的绝大部分照片都是临时用他们的相机拍摄的，并使照片得以保存。

本书的理论篇和有关内容是在平时讲课教案的基础上整理的，因此在有关范例中，保留了杨春明的《携手》、李森林的《人间》等作品，并采用了Andre Pessoa先生的部分作品，在此深表谢意。

最后，由衷地感谢张益福老师在百忙中审稿并作序。张老师是我在1974年就读北京电影学院新闻摄影进修班的专职老师，这个班是在那个特殊历史时期由学校创立的，这段特殊的经历，使我们师生之间相处30余年，未有间断。在本书出版之际，思念并感激我的老师和同学们，因为我在1986年就离开了专职摄影工作而从事了会计教育，一做就是20年，只能在当年的那个"新闻摄影班"上，才能够找到这本书真正的源头。

作者 2006年元月于北京

作者简介
About Author

丁允衍

1948年出生，上海市人。

毕业于北京电影学院摄影系新闻专业，二级摄影师、编审，中国摄影家协会会员、中国新闻摄影学会学术委员。曾任财政部中华会计函授学校电教部主任、《中华会计学习》杂志主编、副校长等职。

上世纪80年代起，先后编辑、设计、拍摄《五台山》、《龙》、《吕梁》、《晋南民俗与民艺》、《山西》、《沙飞纪念辑》等大型画册。爱好摄影理论，坚持业余研究长达20余年，撰写论文分别入选第二、第三、第四届全国摄影理论年会，入选体育摄影理论、军事摄影理论研讨会。《新闻摄影的艺术扩张》获全国优秀论文二等奖；《新闻摄影的纪实美初探》获改革开放20年中国新闻摄影优秀论文二等奖。

沐风图书工作室策划

策划：段战江 韩慧琴
设计：河　源
责编：夏　晓
校对：朱晓波

图书在版编目(CIP)数据

行摄·巴西/丁允衍著. —杭州：浙江摄影出版社，
2007.3
（摄影非常道系列）
ISBN 978-7-80686-520-0

I. 行... II. 丁... III.① 摄影集—中国—现代
②巴西—摄影集　IV. J421

中国版本图书馆CIP数据核字(2006)第086586号

书　名：行摄·巴西
作　者：丁允衍

出版发行：浙江摄影出版社
（杭州市体育场路347号　邮编：310006）
网址：www.photo.zjcb.com
传真：0571-85159646
经销：全国新华书店
制版：浙江新华图文制作有限公司
印刷：浙江新华彩色印刷有限公司
开本：787×1092　1/16
字数：50(千)字
印张：9.25
印数：0001-3000
2007年3月第1版　2007年3月第1次印刷
ISBN 978-7-80686-520-0
定价：38.00元
（如有印、装质量问题，请寄承印单位调换）